莱芒湖畔的少女

La Beauté sur la terre

［瑞士］夏尔·费迪南·拉缪 著

金龙格 译

C. F. Ramuz

潜水艇义库　深圳出版社

Cet ouvrage a bénéficié du soutien financier de la Fondation C. F. Ramuz.
本书获得瑞士拉缪基金会的资助支持

图书在版编目（CIP）数据

莱芒湖畔的少女 /（瑞士）夏尔·费迪南·拉缪著；金龙格译. -- 深圳：深圳出版社，2025.2. --（潜水艇文库）. -- ISBN 978-7-5507-4177-5

Ⅰ. I522.45

中国国家版本馆CIP数据核字第20243XG938号

莱芒湖畔的少女
LAIMANGHUPAN DE SHAONÜ

出品人	聂雄前
责任编辑	邱秋卡
责任校对	万妮霞
责任技编	梁立新
封面设计	朱镜霖

出版发行	深圳出版社
地　址	深圳市彩田南路海天综合大厦（518033）
网　址	www.htph.com.cn
订购电话	0755-83460239（邮购、团购）
设计制作	深圳市龙瀚文化传播有限公司 0755-33133493
印　刷	深圳市华信图文印务有限公司
开　本	889mm×1194mm　1/32
印　张	9.5
字　数	160千
版　次	2025年2月第1版
印　次	2025年2月第1次
定　价	48.00元

版权所有，侵权必究。凡有印装质量问题，我社负责调换。
法律顾问：苑景会律师 502039234@qq.com

译本序

一棵美丽的树

金龙格

2019年5月4日,瑞士主流媒体《时报》(*Le Temps*)组织的由50名瑞士法语区(Suisse Romande)包括文学记者、书商、图书馆馆员、大学教授、文学节或文学团体负责人等专业人士构成的评审团评选出了"20世纪以来最优秀的50部法语作品"(Les 50 meilleurs livres de langue française de 1900 à aujourd'hui),从经典的文学巨著到现代的实验性作品,这份榜单涵盖了法国和瑞士法语区最具影响力的作家和作品,展现了20世纪以来法语文学创作的多样性和独特的魅力。由于许多作品票数相同、排名并列,因此实际上榜的有66部,它们大多是我们耳熟能详的作品,如《追忆似水年华》《局外人》《小王子》《茫茫黑夜漫游》《你好,忧愁》《岁月的泡沫》等,而且绝大部分作品都有中文译本，已经深深植根于我们的文化记忆之中。从单个作家上榜作品的数量来看，萨特、杜拉斯和拉缪雄踞榜首，他们各有三部小说入选，分别是萨特的《恶心》《隔离审查》和《文字生涯》、杜拉斯的《情人》《琴声如诉》和《抵挡太平洋的堤坝》、拉缪的《阿琳》《莱芒湖畔的少女》和《德布朗斯》，这三位法语作家中，萨特、杜拉斯都是中国读者非常熟悉的作家，但拉缪就显得有些陌生了。拉缪是谁？

"所有的人都知道拉缪，但没有人了解拉缪"

夏尔·费迪南·拉缪（Charles Ferdinand Ramuz）1878年9月24日出生于瑞士洛桑，其父亲是杂货店老板，母亲是沃州民族英雄亚伯拉罕·达维尔少校的后代。拉缪的童年和青少年时期都是在瑞士沃州阿尔卑斯山脉的乡村中度过的，这一背景深深影响了他的文学创作，使他的作品充满了浓郁的地域色彩和自然元素。由于家境优渥，拉缪接受过良好的教育，先后就读于洛桑古典中学和洛桑大学。1896年10月，18岁的拉缪前往德国的卡尔斯鲁厄，在那里写下了他的第一首诗后便立志当作家，这一志向受到他母亲的鼓励。大学毕业后，为了圆自己的文学梦，拉缪在父亲的支持下前往文学艺术之都巴黎，在那里结识了很多瑞士和法国的作家与艺术家，包括他后来的妻子画家塞西尔·赛利埃（Cécile Cellier）等。1903 年他的第一部诗集《小村庄》（Le petit village）问世，收入的诗作流露出他对故土的深厚感情，在瑞士法语区获得了一批读者的关注；两年之后他的小说处女作《阿琳》（Aline）同时在洛桑和巴黎出版，拉缪在作品中展露出非凡的文学才华，开始在瑞士法语区和巴黎的文学社团中有了一席之地。之后，他的文学创作迎来了第一个高峰，先后出版了《生活情境》（Les circonstances de la vie，1907）、《被迫害的让－卢克》（Jean-Luc persécuté，1908）、《沃州画家艾梅·帕什》（Aimé Pache, peintre vaudois，1910）和《萨缪埃尔·贝雷传》（Vie de Samuel Belet，1913）四部小说，赢得了同行的认可，其中《生活情境》被选送参加龚古尔奖的角逐，《沃州画家艾梅·帕什》荣获 1912 年的瑞士朗贝尔文学奖（Prix Rambert）。

1914 年 6 月，拉缪离开巴黎回到家乡洛桑定居，在继续自己的文学事业的同时，也从音乐和绘画等文学以外的艺术形式中吸取养分，确立了自己独特的风格。他相继出版了《恶灵的统治》（Le règne de l'esprit malin，1914）、《高地战争》（La guerre dans le Haut-Pays，1915）、《疾病的治愈》（La guérison des maladies，1917）、《我们中的迹象》（Les signes parmi nous，1919）、《大上人间》(Terre du ciel，1921)、《死亡的存在》(Présence de la mort，1922)等小说，尽管他在1923年凭借《诗人之路》(Passage du poète)再次荣获朗贝尔文学奖，但这一时期的作品并没有受到评论界和读者的欢迎，尤其是文学界批评他把自己锁死在自己的风格中，语言缺乏技巧，拉缪也因此与巴黎和瑞士的文学界拉开了距离。

1924年，拉缪与巴黎著名的格拉塞出版社签约，使他重新在法语文学界占得一席之地。他的文学生涯自此出现了转折点，不仅写作风格进入成熟期，小说创作也进入了一个高产期，其创作生涯中的许多重要作品都是在这个时期问世的，如出版于1926年的《大山惊魂》(La grande peur dans la montagne)、1927年的《莱芒湖畔的少女》(La Beauté sur la terre)、1932年的《法里内或假币》(Farinet ou la fausse monnaie)以及1934年的《德博朗斯》(Derborence)等。同一时期，瑞士出版商和赞助人亨利－路易·美莫德开始系统出版拉缪的作品，拉缪在瑞士法语区的标杆地位自此确立。1930年，拉缪荣获瑞士法语文学奖(Prix Romand)，他用拿到的巨额奖金在沃州的皮利镇购买了一栋梦寐以求的、面朝莱芒湖的别墅——"猎舍"(La Muette)。1936年拉缪荣获席勒基金会大奖(Grand Prix de la Fondation Schiller)，1943年和1944年还两次获得诺贝尔文学奖提名。

1947年5月23日，拉缪在洛桑去世。在漫长的文学生涯中，拉缪涉猎了包括长篇小说、短篇小说、诗歌、戏剧、随笔、日记在内的几乎所有文学体裁，一生创作了22部长篇小说、3部短篇小说集以及多部诗集和随笔集。他的去世是瑞士法语文学界的重大损失，著名评论家、日内瓦大学马塞尔·雷蒙教授发文称"瑞士法语区失去了自卢梭以来最伟大的作家"。尽管有如此高的评价，但在拉缪去世后的近半个世纪里，他和他的作品仿佛一起隐入了烟尘。1991年，乔治·杜布兰在24小时出版社出版的《拉缪传》中感慨"所有的人都知道拉缪，但没有人了解拉缪"，这是拉缪及其作品在法语世界尴尬处境的真实写照。不过，1997年，为了纪念拉缪逝世50周年，瑞士国家银行将拉缪的头像及其作品元素作为国家文化象征印在了第八套200瑞士法郎的纸币上，这不仅是对其成就的认可，也是对其作品对于瑞士的国家文化认同和价值观塑造所产生的深远影响的高度肯定。2005年，他的全部小说入选法国伽利玛出版社设立的、只有不朽的文学巨匠才有资格进入的"七星文库"、同一年瑞士的斯拉特金出版社也推出了29卷本《拉缪全集》，他的作品从此进入经典文学的殿堂。

"文学的布尔什维克"

拉缪的作品深深植根于瑞士法语区的地方文化、自然风景和民间风俗,这种强烈的地域色彩使得他的作品在国际文坛并不容易获得广泛的关注。尽管他的写作主题具有普遍性,但他的作品很容易被误认为是地方文学,而非具有全球视野的文学经典。拉缪的作品在瑞士法语区很受欢迎,但法国等其他法语国家的文学界和学术界对其作品的接受较为滞后。直到20世纪后期,法国文学批评界和学术界才开始重新审视其作品中的现代主义风格和地方性表达,逐渐意识到拉缪在语言、形式、地方性与普遍性结合方面的创新之处,并将他重新定位为20世纪法语文学的重要作家,肯定他在小说形式、叙述技巧、主题探索以及语言运用等方面的创新以及他为"重新定义小说"所做出的独特贡献。这种重新定义并非对小说这种文体的彻底颠覆,而是通过对传统小说形式的革新,赋予小说新的表达方式和更加深刻的意义。早期曾有人批评拉缪"故意写得不好",说他是"文学的布尔什维克",如今看来这一"指控"反而印证了其小说创作的"革命性"。拉缪小说创作的"革命性"主要体现在以下几个方面:

首先,他刻意远离传统叙事结构,追求一种更加自由、富有音乐性和视觉效果的写作风格。1902年12月3日，他就在日记中写道："我想要一种既简单又精致的风格，线条清晰，色彩丰富，在细节上精确，在整体上和谐……如果我的心灵沉迷于古典结构，我的神经却并不满足；它需要更多的冲动的表达。"拉缪在小说叙事方式上做出了大胆的尝试和创新，譬如他常常打破传统的单一叙述视角，引入多重叙述视角，让读者从不同角色的角度去体验故事的发展。这种方式不仅丰富了小说的叙事层次，还模糊了作者与读者、叙述者与角色之间的界限，能使读者更深入地参与到故事中去。拉缪的创新还体现在时态与人称代词的灵活运用上，他善于在同一段落或句子中使用多种时态和代词，使得时间流动和叙述视角变得更加复杂和富有动感。这种叙事方式挑战读者对线性时间和固定视角的习惯，创造出一种独特的叙事节奏和氛围。拉缪还经常在作品中使用一种近乎口述的表达方式，通过句法的断裂和时间的跳跃，打破传统小说的连贯性，以更好地表现故事的情感深度与哲理内涵。他通过淡化情节的主导性，增强了语言和视觉在小说中的表现力，赋予小说一种近乎诗歌的韵律感。这些大胆的尝试与创新使他的小说不仅仅是叙事文学，更是一种对世界的深刻沉思和艺术表达，反映出他对人类情感与自然力量之间的关系的深刻理解。

其次，是语言风格的创新。拉缪打破传统文学中对于语言的规范性要求，采用更具口语化、地域性和音乐感的表达方式。他的语言风格往往充满地方色彩，他通过使用瑞士法语区的方言和口语表达，赋予小说一种强烈的地域性和真实感。这种语言的选择使他的小说更加接近生活本身。他在小说中注重语言的韵律和节奏，他的文字常常具有诗意和音乐感，这种风格在描写自然景观时尤为突出。他通过对语言的精雕细琢，创造出一种独特的美感，使小说不仅是叙事的载体，更是语言艺术的展示。同时代的法国诗人保尔·克洛岱尔将拉缪比作荷马，对拉缪的语言风格赞不绝口，他说："我认为我是第一个向拉缪致敬的人，他是我们语言最优秀的工匠之一，他为我们的语言带来了许多新东西，包括词汇、句法、语调、图像和节奏的运用。"洛桑大学教授多丽丝·雅库贝克在"七星文库"版序言中也对拉缪的语言风格做了高度概括："拉缪创造了一种独特的浪漫主义语言，这种语言不同于法国的法语和区域法语，而是一种能够充分利用书面和口头法语广度的第三种语言。这种语言不是建立在词汇或惯用句式的基础上，而是基于节奏和音调，这些节奏和音调塑造了人类的存在……"

再次，主题探索的深度与广度。拉缪的作品主题广泛而深刻，涵盖了自然、孤独、乡土生活与传统文化等诸多方面。自然在拉缪的作品中占据核心地位，他曾在给作家和画家挚友亚历山大·辛格里亚的一封信中明确表示："我会从我的本地湖泊、乡村和山脉开始，而不会做任何其他事情，只会尽我所能以最简单的方式去描绘，因为我别无选择。我没有力量去发明一种新的自然。我会尽我所能去表现我的怜悯、温柔和爱……"他描绘家乡沃州的湖泊、山脉和村庄，让它们扮演作品的角色，赋予它们独特的诗意与生命力，进而揭示自然对人物情感、心灵和命运的深刻影响，人类在美丽或残酷的自然面前的存在状态以及人与自然之间的相互依存与对抗。拉缪作品的另一个核心主题是孤独，在他的作品中，孤独常常不是一种选择，而是人类生存状态的必然结果。他的许多作品都是通过讲述个体在孤立的环境中挣扎的故事，深入探讨孤独带来的精神层面的影响以及人物与社会、与自然甚至与自我的疏离，反映人与社会、人与自然的关系的异化。拉缪作品的第三个重要主题是乡土生活与传统文化。虽然他对家乡的乡土生活怀有深厚的感情，但并没有一味地美化它，因而他笔下的乡村并非田园牧歌般的乐土，而是充满了冲突和困境的现实。他的作品通过描绘瑞士的乡村生活，展示了一个逐渐消失的世界，反映了传统生活在现代化进程中的瓦解以及这种瓦解给人们带来的精神危机。除此之外，拉缪还探讨了死亡、世界末日、邪恶、战争等黑暗主题或灾难主题，这些主题不仅丰富了小说的内容，也使拉缪的作品具有独特的深度和广度，展现了小说这一文体在表达和探索社会、个体、自然等多方面的潜力。

最后，小说形式的革新。1904年10月23日，拉缪在日记中表达了他对于"小说"这一文学样式的理解："我对情节突变不感兴趣。创作能力不应该看主题，它应该体现在表现方式上。它在于语调，在于形象，在于句子的节奏，而不在其他地方。"1905年9月14日，他在《日内瓦报》上发表的一篇名为《月光下》的文章中进一步明确"小说必须是一首诗"。在具体的小说创作中，他简化情节、叙述，采用诗歌创作中常用的唤起、意向、反复、韵律等表现手法，融入了大量诗意的描写，打破传统小说与诗歌的界限，创造一种新的小说类型，即"诗小说"（Roman-Poème），使得小说的形式更加自由、灵活。他在第一部小说《阿琳》中就开启了对"诗小说"这一形式的探索。《阿琳》讲述的是一个农村少女怀孕后被恋人抛弃的悲惨故事，故事虽然简单，但拉缪通过人物的行动、语言及行为方式而不是深度的心理描写来表现情感与冲突，对小说结构和表达形式进行了大胆的创新，使这部作品在当时显得特别"另类"。这种大胆且极富原创性的文学风格令人耳目一新，受到一些同行的赞誉，比如奥地利作家斯蒂芬·茨威格在《向拉缪致敬》(*Hommage à C.F. Ramuz*) 一书中就高度赞赏拉缪"具有让简单变得崇高、让崇高变得简单的天赋"，认为在他的作品中，"日常生活的平凡被艺术家的热情升华、永恒化了"，达到了"节制与慷慨的混合，精致艺术与原始力量的平衡"。

拉缪的"革命性"创作对后世小说的发展产生了重要影响，特别是在法国和瑞士的文学界，他的作品被视为现代小说的重要典范之一，法国大作家塞利纳曾预言只有他本人和拉缪的作品进入21世纪之后还会有人阅读。拉缪的叙述方式、语言风格以及对主题的探索丰富了现代小说的表达手段，为后来的作家提供了新的创作指引。通过这些创新，拉缪拓宽了小说这种文体的边界，使其能够承载更多的内容和表现形式。正是这些贡献，使得他在法语文坛上占据了独特且重要的地位，被誉为"重新定义了小说"的作家。

《莱芒湖畔的少女》："拉缪最优秀的作品之一"

《莱芒湖畔的少女》(*La Beauté sur la terre*，直译过来是"大地上的美")于1927年11月由洛桑的美莫德出版社出版，是拉缪"湖畔小说"系列中的一本，甫一出版便好评如潮，瑞士评论家让·尼古里埃在《洛桑报》上发表评论，将这部作品的成功归因于作者"与其人物真正融合在一起"。包括瑞士作家安德烈·德里弗在内的许多评论者都强调了该小说的叙述方式，小说的每一句话读起来都像电影画面一样在眼前闪过，"充满了缓慢的镜头、面部的表情变化、树叶的颤动和水波的细微波动"。小说出版后荣获当年的戈特弗里德·凯勒文学奖（Prix Gottfried Keller），还在1968年和2001年分别由法国导演皮埃尔·卡迪纳尔和安托万·普朗特万改编成电影搬上银幕，进一步扩大了原著的影响力。时至今日，这部小说依然是拉缪被阅读得最多的作品。《回声杂志》记者兼评论家蒂博·凯泽分析强调，该小说是"令人好奇、渴望却又被拒绝的异国情调与沉重的乡村习俗之间的一次对抗，是一个魅力四射的维纳斯与被偏见蒙蔽的社区之间的对抗。这是一部令人难以忘怀的小说，美丽而悲伤，是拉缪最优秀的作品之一"。

这部小说以莱芒湖为背景，讲述一位名叫朱丽叶特的年轻美丽女子在瑞士一个落后小村庄里的遭遇。朱丽叶特在父亲去世后，从古巴来到瑞士莱芒湖畔的一个小村庄投奔叔叔米利凯。这位叔叔经营着一家咖啡馆，朱丽叶特的到来打破了社区原有的平静。她的美丽和神秘在村子里引发了震动，吸引了几乎所有见过她的人——

男人被她的美貌深深迷住，渴望拥有她甚至占有她，而女人则对她充满敌意和戒备。随着她的到来，整个社区的和谐与秩序也随之崩解。

　　小说的情节围绕朱丽叶特与镇上不同男人之间的互动展开。首先是她的叔叔米利凯，作为朱丽叶特法律上的监护人，他虽然表面上承担了照顾她的责任，但实际上只是希望通过她来吸引更多的顾客，赚更多的钱。另一个重要人物是渔夫鲁日，他接纳了在村里逐渐被排斥的朱丽叶特，让她找到立锥之地的同时，也使他自己孤独的生活充满了希望与慰藉。然而，他的好意并未能阻止社区对朱丽叶特的敌意，村子里各种贪婪与占有的欲望还在不断增加，朱丽叶特的存在逐渐成为冲突的焦点。她并不主动迎合任何人的感情，但每一个人似乎都渴望将她据为己有：牲口贩子想带走她，萨瓦人想强暴她，已经订婚的镇长之子小布塞为了她抛弃了青梅竹马的未婚妻……她的美丽让男人们陷入狂热，让女人们对她充满嫉妒与排斥。最终，这种疯狂的欲望导致了暴力的发生，小镇陷入了混乱，米利凯与鲁日反目成仇，鲁日的家也在一场大火中被烧毁……除渔夫鲁日外，另一个重要的男性角色是驼背的鞋匠乌尔班，他同样属于社会边缘人。乌尔班与朱丽叶特的关系较为特殊，他通过手风琴演奏与她建立了某种理解与共鸣。在小说的后期，乌尔班提出带朱丽叶特离开村子，去找寻他们共同的自由。面对来自各方面的压力和追求者的步步紧逼，朱丽叶特最终选择了和乌尔班一起逃离，因为她的存在注定只能带来分裂与毁灭。

《莱芒湖畔的少女》通过朱丽叶特的不幸遭遇，探讨了人类对美的欲望、社会对异己的排斥、个体的孤独、人性的丑陋以及世界的不完美等主题，深刻揭示了美在社会中引发的复杂情感和矛盾，以及美的双重性：一方面它令人着迷，会激发人们的欲望；另一方面，它也是孤独与悲剧的源头。朱丽叶特作为美丽与纯真的象征，她的到来打破了一个落后村庄的平静，激发了村民们内心的欲望与嫉妒。她每次出现都照亮了大地、空气和水，她的短暂存在极大地改变了这个社区的单调生活，但她从未真正融入这个小社会，始终被当作外来者被社会排斥。她的美貌象征着一种无法被掌控的力量，这种力量既是祝福，也是诅咒。她的美丽最终没有实现爱与和谐，而是导致了分裂和逃离。一个光彩照人的美丽女子与落后社区的较量突出了小说中美与丑、异与同之间的对立，这种对立不仅仅是人物之间的冲突，更是拉缪对人性与社会关系、社会现状的深刻反思。拉缪通过这一切提出了一个核心问题："美的东西在人群中哪里能找到立足之地呢？又如何能找到立足之地呢？"他质疑美在一个只想占有它、得不到就毁灭它的社会中的地位。

小说最引人入胜之处是独特的叙述声音和视角。小说开始于一个直截了当的第三人称客观视角，但叙述者很快就转向了第一人称复数，从那以后，叙述不断在第一人称和第三人称之间转换，有时甚至切换到第二人称。这种人称的反复切换可能会让读者感到迷惑，因为有时我们在场景之外观察，有时又通过叙述者的"我们"进入场景，成为村民之一参与到情节之中。有时，当叙述者使用"你"时，又仿佛直接在与读者对话。叙述者在这里多次转移责任，这样的叙述转移，无论是明确的还是隐含的，都意味着某种叙述的"拼接"，这在文本中形成了真正的复调。"很容易理解，像《莱芒湖畔的少女》这样的小说是如何偏离现实主义小说美学的。现实主义小说往往会消除叙述的所有痕迹，以便让读者有一种直接捕捉故事的错觉。在拉缪的作品中，原始的事实被众多的叙述和大量显现的对象穿越，以至于这种错觉无法实现。相反，读者被迫保持距离，处于观众的位置，他们既与角色参与的事件保持联系，又在特定的时刻扮演角色，整个过程就好像有一名指挥在剧院舞台上协调。"日内瓦大学教授、评论家菲利普·雷诺对拉缪偏离传统创作的写作手法做了深入的解读，评价说："如果说（《莱芒湖畔的少女》）这部小说显得特别老练，那不仅是因为它的动作密度,更是因为它在叙事结构上的惊人现代性,它更喜欢断裂和表面不协调元素的并置,而不是延续性和一致性,这些都是黄金时代小说的特征。"拉缪通过不同人物的视角展现故事的全貌,通过碎片化的叙述来呈现人物的情感波动和心理变化,这种创新手法既保留了传统小说的叙事精髓,又展现了现代小说的独特魅力,使《莱芒湖畔的少女》成为一部超越其时代的作品。

此外,这部小说在人物刻画和表现手法方面也令人耳目一新。在人物刻画方面的最大特点是在保证次要人物形象鲜明的同时,却刻意让朱丽叶特的形象保持模糊,拉缪从未明确描述朱丽叶特的外貌,而是始终让她保持着一个空灵的存在。当她走在地上或在灯光下跳舞时,会有一种光环照亮她,使她看起来像女神。在她身上存在一种上升的力量,这种力量在最后一章出现了升华:在百合花节那天的晚会上,她在最高处的桌子上跳舞,然后消失了。百合花节是在 8 月 15 日,那一天也是"圣母升天节"——传说中的圣母玛利亚在结束在世生命之后灵魂、肉身一齐被接进天堂的日子。就这样,朱丽叶特成了一个寓言式的人物。而在表现手法方面,该小说最大的一个特点则是海量比喻的使用,"comme"(好像)这个词在小说中出现了 300 多次,这些比喻既增强了语言的感染力,让读者更好地感受到作者所要表达的情感，也生动地描绘了事物的形态、色彩、质地等，加强了瑞士美丽自然风光的视觉效果，使其像一幅幅精致的风景画展现在我们眼前，例如，"一架阳光天梯从天空中的一个洞口伸下来，就好像有人从轮船上向落水者抛出的绳索一样"，一片叶子"还没有完全展开……恰似鸭掌"……瑞士法语区曾经被一代代作家歌颂和赞美，人们不断地流露出情感，用田园诗的色彩，用商店颜料师准备好的颜色，黎明的粉红色、黄昏的紫色、草地或松树的绿色等描绘山脉、雪山、壮丽的冰川，但在拉缪看来，那不是它们真正的色彩。在他的作品中，衣服的颜色是"铁灰色"或"土黄色"，松林的叶子"宛如一抹夜色"，芦苇穗是"银色"，鹅卵石是"巧克力色"，碎木片是"石灰色"，橡子是"新鲜黄油色"，少女的头发是"美丽的蜂蜜色"，方块留茬地是"面包色"，上弦月像"一块洗得很干净的冰"，三叶草"宛如夕阳"……于是，瑞士湖光山色和风土人情的美在拉缪笔下呈现得更加多彩、更加多样、更加丰富、更加广阔。

总之，《莱芒湖畔的少女》之所以被视为拉缪最优秀的作品之一，是因为它在人物刻画、表现手法、叙事结构、主题探索方面都达到了极高的艺术水准。拉缪通过精湛的语言技巧和现代主义的叙事手法，创造了一部既充满诗情画意又具有深刻社会批判意义的小说佳作。无论是对美与丑、传统与现代的对立,还是对人类境遇的深刻洞察,这部小说都展现了拉缪作为一位"语言的创造者和工匠"和"史诗诗人"的非凡才华。正因为如此,这部小说不仅在拉缪的作品中独树一帜,也在法语文学中占据了重要的位置。

"一枚在成熟时落下的果实"

拉缪很早就意识到自己的作家天职。十八岁时,他在日记中写道:"我希望成为一名作家。"几年后,这一愿望变得更加明确:"我想成为一棵美丽的树,从土壤深处长出来的一粒种子,慢慢地,它悄悄地穿过枯叶,逐渐萌芽,在阳光和雨水的交替滋养下,吸收养分,它的幼根茁壮成长,不断长大,树干变粗,最终形成一个栖满鸟儿的绿色冠状体,形同天空。然后,这棵树变得强壮,能够迎接风暴、友善的微风和胜利的雷雨,结出一枚在成熟时落下的果实。"

一生勤奋的拉缪在世时就已经实现了自己十八岁时的心愿,变成了一棵美丽的硕果累累的树。但他可能没有想到,百余年后,这棵美丽的树还在不断生长,已经呈现出天空的形状,低垂的枝头上挂满了沉甸甸的果实。尤其是,他的三部小说入选"20 世纪以来最优秀的 50 部法语作品"之后的这五年，法国和瑞士的很多出版社开始挖掘和重新包装他的作品，各种新版本争奇斗艳，令人目不暇接。如今，拉缪的作品终于有了首个中译本，译者有幸在"草地开满鲜花、树木枝繁叶茂并且出人意料地绚丽"的 2024 年夏天在美丽的瑞士楼仁完成了这部小说的翻译，唯愿拉缪这棵美丽的树在中国的大地上也能茁壮成长并不断地开花结果。

是为序。

2024 年 8 月 18 日

于瑞士楼仁翻译学院（Collège de traducteurs Looren）

目 录

第一章　001
第二章　007
第三章　016
第四章　030
第五章　042
第六章　062
第七章　084
第八章　100
第九章　123
第十章　147
第十一章　173
第十二章　193
第十三章　212

附　录　256
鸣　谢　276

第一章

"看仔细点,"咖啡馆老板对鲁日说,"这是一枚美洲邮票,你没看出来吗?……圣地亚哥,在古巴岛上。而且这封信是公函,错不了。我该怎么回复呀?"

"老实说,"鲁日回答道,"我呀,我要是你,就会让她来。"

"真的吗?"

两人坐在通往露天咖啡座的玻璃门边交谈,玻璃门大敞着,虽然现在才三月,但这一天的天气很好,阳光明媚。咖啡馆大堂只有他们俩。米利凯再次把那封信打开,信的正文是用打字机打的,信纸上方印有笺头,令他印象深刻。

"错不了……乔治-亨利·米利凯,1927年2月23日病逝于古巴圣地亚哥医院,享年54岁……乔治-亨利,的确是我哥……"

他继续人声念道:"遵照其遗愿……路费将从他留下

的一笔363美元的存款中支出①，除非您另有指示……哎呀！我的鲁日老兄，我该怎么办呀？"

"她多大了？"

"十九岁。"

"正值妙龄。"

"是的，"米利凯说道，"但老天爷才知道她在那种炎热的国家，在那种到处都是黑人的国家是怎么长大的，又养成了什么样的习惯……还有，她能不能适应我们这边的气候也是问题。"

"哦！她抵达的时候，我们这里正好是春天。"

"是的，但是……"

他一面结结巴巴地说话，一面晃动他那副肥大的、软塌塌的面孔。那是一张布满皱纹的面孔，皱纹从下巴开始，横贯两边面颊，恰似习字本上的横线条。

"我至少已经三十五年没有他的音信了（说的是他哥哥），我还以为他老早就死了……"

"好吧！你现在知道了，他一直活着，你想错了，"鲁日说，"这种事时有发生，但可以肯定的是，你哥哥并不是那样想你的，毕竟是他把你的地址给了领事馆……而且你很清楚的，兄弟嘛，终归是兄弟……你总不能把

---

① 在20世纪20年代，1美元可以兑换5瑞士法郎。（本书注释均为译者注）

你侄女甩给那些美洲佬吧？"

米利凯耸了耸肩膀。他穿着一件没有领子的衬衫，衬衫外面套着一件扣子全都扣歪了的棕红色粗羊毛猎装。

"问题是，只有363美元……一旦扣掉路费……这趟旅行到底要花多少钱，又需要多长时间呀？你知道吗，嗯？"他问道。

"需要多长时间，你看一下邮票就知道了。"

"三个星期。好吧，那你算算看。船票、火车票、路上吃的、住旅馆的费用……"

"你说的这些都不是问题。如果你丢下你的侄女不闻不问，别人会怎么看你呀？再说啦，你那个可怜的哥哥，你就为他想一想吧。设身处地想象一下你自己临终时躺在床上……身边没有亲人，没有朋友，你就要死了，抛下一个女儿。你抛下一个女儿，但没留下几个钱……噢！好吧，米利凯，你想一想，在这种时候你会求助谁呢？就算背井离乡了一百年，你还是会向家人和故乡求助吧？……你哥哥可能会这么想：'幸好我还有一个兄弟……'也许他当时没剩多少时间，只来得及派人去领事馆把领事喊过去……"

"哦！"米利凯说，"他连我的地址都记不清……"

说完，他让鲁日看那个被反反复复涂改过的信封，上面满是用圆珠笔涂写的痕迹。但鲁日说：

"那又有什么关系呢？我只告诉你一件事，那就是你哥哥他走得很安详，因为他相信可以指望你。余下的事，那就看你的了……"

米利凯又叹了口气。他把手举到后脑勺，在那里来回挠了两三下。

"我那个婆娘会怎么说？"

鲁日把三分升玻璃瓶瓶底剩下的那点酒全都倒进了他的玻璃杯。他没有回答。

鲁日长着一副肥大的红色面孔，头上戴着一顶有漆皮帽舌的水手帽，胡子几乎全白了，身上穿着一件在肩部开扣的蓝色高领毛衣。他长得矮矮墩墩，是个大胖子，坐在没有靠背的椅子上，身子前倾，时不时吸一口叼在嘴角的烟斗。他没有回答，只说了一个字：

"嗯……"

接着，他又"嗯"了一次。

然后，他把烟斗握在左手手心里，右手端起杯子，将里面的酒一饮而尽。他咂了咂舌头，用手背抹了一下嘴，问道：

"你碰到过德古斯泰没有？……"

米利凯摇了摇头。

"我得去看看他在干什么。"

他站起身，然后又问：

"她长得漂不漂亮？领事没跟你提过吗？……"

他扯了扯那件裹着肥胖身体的皱巴巴的紧身内衣，然后掀起一边，准备掏钱包。

"至于你妻子，"他接着说道，"你又不是心里没数，不管你怎么做，她都会跟你大闹一场，但你已经习以为常了吧……再见。"

他穿过露天咖啡座走了。

米利凯那只绵软肥厚、长着红棕色汗毛的大手一直攥着那封信。阳光灿烂，湖水反射出耀眼的光芒。只见那几株悬铃木光秃秃的枝丫平伸向对方，恰似天花板的横梁；它们的影子投射在咖啡馆大堂的桌子上，然后在桌子边缘折断，另一半跌落在地板上。湖光越过露天咖啡座的围墙透进来，自下而上地照在树枝和粗大的绿色树干上。米利凯将一只脚伸进粗布条编织的拖鞋，接着准备伸另一只。该怎么办呀？啊！我的上帝呀，真是的，该怎么办呀？他的嘴唇边蓄着一撮淡淡的小胡子，松弛下垂、布满斑点的大脸颊上留着稀疏、近乎无色的须髯。

他再次伸右脚，然后是左脚……

他妻子迟早会察觉到有什么地方不对劲。总之，把事情告诉鲁日是对的；遇到急事，鲁日总能向他伸出援手……

他伸左脚，然后是右脚。

"好吧,就这么着了,就这么着了!让她来吧……她……"

他顿了片刻,然后大声说(这会儿说的是他妻子):

"那娘们,我烦死她了。最好尽快甩掉她。"

他喊道:

"罗莎莉……喂!罗莎莉……"

米利凯的妻子出现在楼梯上。

接下来发生的事情就是,一整个下午,邻居们都听到了激烈的吵架声。

吵架是因为那封从美洲寄来的信,是因为米利凯在那边有一个侄女,而且这个侄女突然就要被甩给他,由他来负担。不过,乡邻们都说,米利凯点头同意让侄女过来是善举……

他们说的话跟鲁日说的话一字不差:

"兄弟嘛,终归是兄弟……"

第二章

米利凯的回信三个星期之后才送达目的地，于是我们的时间来到了四月初。没过多久，领事就发了一封电报，告诉米利凯，女孩已经登船启程。

米利凯从村上的小学老师那里借了一本地图册。他正跟鲁日一起翻阅。

他们俩翻了很多页才找到美洲。美洲地图由三部分组成。

一个被分割成三块的美洲。他们一直拿不定主意，最后终于锁定了正确的那一块。

那是在一个海湾的深处，在一座岛上：往北边一点是美国，着上了红色；靠西边一些，是绿色的墨西哥；而往南边，有一块地方是弯起来的，弯向我们，仿佛伸出来的手臂，这一片是紫色的。

"你看，"鲁日说，"这里就是巴拿马运河……巴拿马运河债券①，你还记得吗？你肯定不记得了，你那时还是个小孩……你说得有道理，那些国家的人口可能已经有一半是黑人了。她母亲是谁，你知道吗？"

"我什么都不知道，什么都不知道，不知道……"

但至少一眼就能看出来，她上船的地方无须长途跋涉。

"然后，它朝我们这边航行，但我不太确定它走的是哪条路线……"

鲁日是在说那艘轮船，轮船沿着他的手指往东边行驶。

"因为到处都是岛屿……不知道是从古巴和海地中间，还是从圣多明各岛②和波多黎各岛中间走，或者从波多黎各岛和……等一下……"

他念着地图上的名字：

"维尔京群岛……离开加勒比海，但再往后，不管怎么走，都在大西洋上……"

他又一次停了下来，因为到地图的边缘了，必须往

---

① 1879年法国设计师费迪南·雷赛布从哥伦比亚政府手中取得巴拿马运河的开凿权，并在法国建立了巴拿马运河公司。1881年，巴拿马运河开工，但由于耗资巨大，工期一拖再拖。为获得新的资金，公司贿赂大批议员和政府官员，从而得到议会和政府批准再次发行大量债券。1889年2月工程仅进行了三分之一，公司即因经营不善和贪污腐化等原因宣布破产，数十万债券持有者蒙受重大损失。
② 圣多明各岛即今天的多米尼加。

回翻，一直翻到像个大萝卜似的非洲板块。比例尺不一样，鲁日被搞糊涂了。

"等一下，我们必须找到度数①。20度……在这里，看，就在布朗角的正对面……"

到了那里，大西洋终于一望无际地展现在眼前，鲁日试图想象那里的景象，因为吧，因为我们这个地方虽然也有水，但水域很小，顶多只有一百公里长，十到十二公里宽，一小片水，只是一个湖泊而已，而且还被群山环抱。鲁日极力想象在那边的那一片浩瀚无垠的水域，那片水域无边无际，沿着天际线被剪齐，仿佛用剪刀从一块蓝布上剪下来的一样。那船体高六层，六层都是白色（他想起在画报上见过的图片），烟囱犹如塔楼。

"啊！"鲁日说，"它走得真快（因为他也是有一些水上航行经验的）。今天，她离加那利群岛应该不太远……"

他继续说：

"他们开的是涡轮船。他们没有像我们这样的明轮船。在海上，浪太大了。"

那边，在轮船上方飞翔的都是海鸟，而我们这里只有麻雀；那边烈日炎炎，我们这里寒风刺骨，清晨的时

---

① 鲁日将纬度（la latitude）说成度数（le degré）。后文提到的布朗角即今天毛里塔尼亚的努瓦迪布角，位于北纬20°。

候草场上还会被一层白霜覆盖，只有在树篱下才能勉强看到最早冒出新芽的紫罗兰。湖上的汽船依然很少，帆船则连影子也见不到，因为它们很怕冷。

这里的水域只有巴掌那么大。我们可以看到鲁日划船，我们能看到的也就这些了。

这里的水是灰色的，像沙土一样，抑或像肥皂水的颜色。天空的颜色和水的颜色相同，你是看不见山脉的。

在咖啡馆大堂，他们俩再次打开地图册。一些喝酒的客人走过来，加入米利凯和鲁日，探身从他们两人的肩膀中间往下看。

"今天，"鲁日说，"她应该到直布罗陀海峡了。"

为了找到直布罗陀海峡，他们不得不再次翻看整本地图册。他们找到了意大利，然后找到了西班牙。这些页面都是按不同的比例缩小的，所以西班牙看起来就比非洲还要大。米利凯突然将鲁日拉到一边，对他说：

"你知道吗，我把楼上的那个房间腾出来给她住，就是那个朝南的房间。那个房间住着很舒服……"

"你做得对，"鲁日说，"一件事，既然要做，就要认真……"

就是在这段时间，一张寄自马赛的明信片到了。这一次不是领事，而是那位旅行者本人写的。

"看来，"米利凯说，"她是懂法语的……我哥哥肯定教过她了……"

天下着雨。牲口棚前,铺路石块之间布满圆形的水洼,就好像装满牛奶咖啡的杯子的顶部。米利凯带了一个小男孩随行,小男孩推着一辆手推车,这车平时是用来装草料的。本地只有一个小车站,下午两点四十分的那趟火车是慢车。乘客基本上总是同一拨人:进城办事的村民,巡回跑买卖的推销员,穿着黑色或紫色工作长衫的奶牛贩子。他们下了火车,总共有三四个人。米利凯站在火车的前边。乘客们都已经下车,已经走出车站了。车站站长嘴上咬着哨子准备吹发车信号。就在这时,一名检票员急匆匆地登上一节车厢,然后拎着一个行李箱走了出来。

火车疾驰而去,乘客一个接一个地上路了。

米利凯撑着雨伞走过去。

他拖着那双肥大的、有铜制扣眼的牛皮鞋,沿着砾石路走过去。那一天,他的静脉曲张犯了,让他疼痛难忍。他一边走,一边回头示意小男孩跟上。就这样,如此漫长的一段时光(前后三个星期),所有那些海洋、岛屿和隐约看见的国家(还有他心中的期待,必须这么说,因为鲁日和地图册最终激发了他的想象),所有那一切全都烟消云散了,只剩下站在眼前站台上那个可怜的灰色的小东西。

一个穿着带兜帽的雨衣、全身裹得严严实实的人儿,看不到手也看不见脚,米利凯甚至连她的脸都没有瞧着。他朝她伸出手问她话时,她也勉强伸出手。他问道:

"嗯,还好吗?"

接着又问:

"路上还顺利吗?路途有点远,是不是?"

她几乎没有抬头。她的手提箱放在脚边,那是一个边角破损、已经锁不上的旧皮箱,为了防止它裂开,鼓出来的地方捆了一根带子。

此刻,他走在侄女旁边。他一言不发,她也一言不发。在他们身后,那个男孩牢牢地拽着手推车往前走,因为通向村庄的小路是下坡。那是一辆用来装草料的手推车。他们从铁路桥下面走过。靠左边是一座四四方方的大房子,村里的人都称之为城堡,房子前面有一条榆树林荫道。天空中飘着蒙蒙细雨,雨丝仿佛不是从天上落下来,而是从你周围的空气中乱纷纷飘过来的。米利凯撑着雨伞往前走,那个女孩呢,女孩紧紧地裹着她的外套,走在他旁边。接下来,在你的右侧,映入眼帘的是牧场、果园,两三座大农场;在你左边,在城堡后面,则是一整排比较小的房屋,包括一栋粉红色的房子、一栋黄色的房子和一栋带店铺的新房子,有两三个人站在店铺的门口。不过，人们可能觉得没什么好看的，因此，一直到那条通往湖边的道路的最低处，这一段路上什么事也没发生。

到家了，米利凯停住脚步，说："我们到了。"

大门是开着的，米利凯太太露出扎着黑色羊毛头巾的脑袋。

米利凯拎着行李箱，说：

"听着……"

他随即又改口：

"听着，我直接带你去你的房间吧。你一定很累了。"

他领着她走进那条墙面刷了黄色墙漆的走廊。他们上了两层楼，来到一扇松木门前面，这扇门的对面是另一扇一模一样的门。

米利凯打开房门，说：

"到了，这里就是你的房间。"

他把行李箱放在床前的小地毯上，地毯上印着一条黑白相间、吐着舌头的狗。

"你需要什么东西，随时都可以叫我。"

鲁日出于谨慎，过了些时候才来。

"怎么样？"他问道。

"就那样，她到了。"

鲁日在咖啡馆大堂他常坐的位子坐了下来。他有些犹豫,但还是忍不住问了一句:

"那么,她长得怎么样?"

他抬头看着米利凯,但米利凯耸了耸肩膀说:

"我怎么知道?"

紧接着他又问鲁日:

"你喝点什么?"

他看上去有点气恼,鲁日觉得好生奇怪。

"你要我怎么跟你说呢?"米利凯又说道,"她都没有开口跟我说一句话。"

"可能有语言障碍吧。"

"可我说的话她完全能听懂。"

"给我来三分升新酿的葡萄酒吧。"鲁日说。

有时是陈年葡萄酒,有时是新酿的葡萄酒,要看天气。看天气,也看心情。有时是三分升,有时是半升。

那一天,视线勉强可以抵达三百米外的水面。之后的景象恰似一副悬挂在吊杆上的、有皱褶的帘子。

米利凯拿着酒杯和酒瓶回来了。鲁日沉默不语。

米利凯透过玻璃看着那些无趣的雾帘,它们一挂接一挂在湖面上出现,仿佛有一只手把它们拉过来然后又拉过去,让它们在窗帘杆上来回滑动一样。在他的背后,有一个问题终于被提出(这个问题憋了很久,终于被提出来了）：

"还有呢？"

米利凯回头瞅了鲁日一眼。

"是的，她长得怎么样？"

"我压根儿不知道。"

谈话到此结束。

傍晚六点的时候，米利凯让女仆给侄女送去了牛奶咖啡。她一整天都没有露面。

夜幕降临，米利凯走到露天座，想看看她的房间有没有亮灯。他一丝儿灯光都没瞧见。女孩房间的地板只是普通的冷杉木地板，没有铺地毯，米利凯夫妇的卧室恰好在她的房间下面，但米利凯没听到任何动静。楼上的楼板没有丝毫的响动，既没有脚步声，也没有东西移动的声音。咖啡馆一打烊，米利凯就去找妻子。

"那女孩，她在搞什么名堂呀？"她问道，"你确定她没有跑掉？"

第三章

然后，又过去了好几天。这几天所发生的全部事情就是：第二天早上，米利凯去她房间，问她要证件及相关材料。

这些材料整齐有序地被放在一起。

是领事亲手把它们整理好的，他把它们装在一个大号的黄色信封里，信封外面还箍了橡皮筋。她把信封递给米利凯，一句话也没说。

她已经穿好衣服，头上裹着黑色头巾。她坐在一张小草垫椅子上。

"你知道的，我这么做是为了让一切都正规合法。我要去见市镇秘书。如果不小心遗漏了什么文件，他会告诉我的……"

她坐在椅子上，一动不动。这期间，米利凯站在房间中央，正在用长着红毛的粗大手指撑开橡皮筋，检查信封里装的东西。

"这个是出生证明,没问题……啊!你要到明年三月才满二十岁。在你满二十岁之前,我会是你的监护人,但我还需要办一些手续……"

他继续翻看证件和相关材料。

出生证明、护照、推荐信,还有米利凯本人的地址,地址用工工整整的印刷体大字写在行程后面,上面还标注了"目的地"三个字。没有更多的了,没有看到那笔钱。但他还是问了一句:"东西全在这里吗?"因为有一些顾虑,他不敢问得更具体。她点了点头,依旧一言不发。

她用披巾紧紧地裹着自己,仿佛很冷。看得出来,她甚至没有打开行李箱,锁不严的行李箱依旧立在墙脚。米利凯又瞟了一眼侄女,但他寻思,眼下最好还是不要硬逼她开口说话,她可能还没从舟车劳顿中恢复过来。他把信封塞进口袋,说:

"那就这么定了,我拿走了。"

他只是在离开房间时捎带了一句:

"另外,你想什么时候下楼都没问题。你得去见见你的婶婶。她在等你。"

米利凯两口子在厨房里用餐。他们已经为她摆好了餐具。中午时分,他们去叫她,她没下楼。

"你打算一直像这样每天派人把饭送到那位大小姐的

房间吗?"米利凯太太质问他,"没错!就是条寄生虫。哦!如果你有钱养她的话,我也没什么好说的……"

女仆是个头发蓬乱、胳膊很脏的胖姑娘,她将餐具扒拉进托盘,说:"每天三趟,爬两层楼!应该提前跟我说一声呀……"

"而且,"她对米利凯太太说,"就为了给她弄那点吃的,浪费时间不说,还要糟蹋粮食。"

然而,在天空中,在湖那一边的高山上,巨变已经开始出现。每天都会光顾咖啡馆(这是多年养成的习惯)的鲁日停在门口,仰头看着天空说:"我相信这一回天气要好起来了。"那天是星期四。出门的时候,他抬头观察了一番,发现山上的景象远不只是天气有了变化,而是整个季节发生了更迭。鲁日发现有异样,但他并没有多说什么。他没多说什么并不代表他不觉得事情很蹊跷。他并不是唯一觉得事情很蹊跷的人,因为那些邻居,那些咖啡馆的常客,还有头几天受好奇心驱使赶过来的人,谁都没见过那位姑娘。可是,当有人问起米利凯:"咦,你那个侄女呢?"他总是这样答复人家:

"她在休息。"

鲁日也一样,不得不接受这个回答。村里的人都说:"那位小姐挺安分的。"与此同时,一架阳光天梯从天空中的一个洞口伸下来,就好像有人从轮船上向落水者抛出绳索一样。鲁日要回家的话，就得沿着两边都是草地的沙岸走，后面还要经过一片松树林。一到树林边，就能听见一个新的声音从树林深处传到耳畔。那是布谷鸟在唱歌。听到布谷鸟的叫声，女孩子之间就会相互问："你钱包里有钱吗？"如果有，那便是个好兆头，因为这意味着你一年到头都不缺钱花。西风正在天上与东风①激烈交战，布谷鸟则在地上咕咕叫唤。然后，所有的云团突然一起翻转，并开始往下翻滚；它们沿着天空上的斜坡，纷纷向南边滚去。到星期六那天，天空已经被彻底清扫干净，这意味着村里到处都在为迎接星期天的到来做各种清洁工作。这不仅仅是天气的变化，甚至不仅仅是季节的更迭，在当多什峰②上面，在那些峰尖，在那些峰角上面，天上的一切都变明净美丽了，前所未有的明净美丽。在科尔内特峰、比利亚峰、瓦隆山、摩勒山、萨洛奈峰③上面，峡谷里，高原上，悬崖的周遭，牧场上，都发生了变化。人们操起大桦树扫帚，就是那种用来扫马厩、用桦树枝条做的又粗又硬的扫帚，除此之

---

① 原文bise在瑞士法语区指东风，而不是法国法语中的北风。
② 当多什峰是法国的山峰，位于该国东部，由上萨瓦省管辖，属于横跨法国上萨瓦省和瑞士瓦莱州的沙布莱山脉的一部分。
③ 除萨洛奈峰外均为耸立于莱芒湖南岸的山峰，属于沙布莱山脉；科尔内特峰位于瑞士和法国接壤的边境；比利亚峰位于法国上萨瓦省；瓦隆山位于法国上萨瓦省，属于前阿尔卑斯山地带；摩勒山位于法国上萨瓦省。萨洛奈峰为作者杜撰的山峰。

外还有稻草扫帚，以及扁平的刷子。你头顶上的那些高山还覆盖着积雪，光芒四射，恰似杯底被翻转的白瓷杯，恰似餐盘的盘面。只剩下几朵小云，它们很快就被推到南边并越过山脉。还有一些被东风鼓起的小风帆正猫着腰离去。而在下边的水面上，也有一叶小帆，它呀，它就像那些云朵中的一员，一朵掉队了然后坠落人间的白云：那是鲁日趁天气不错跟德古斯泰一起划船出游⋯⋯

星期六下午，米利凯忙着将过冬时存放在仓库里的长凳和桌子搬出来。女仆帮他一起搬，但从头到尾都在暗示这不是她的分内工作。他们一起去房子后面，把漆成绿色的笨重的木桌子抬出来，每人抬一边。米利凯时不时抬头望向二楼的两扇小窗户，但窗户仍然紧闭着。那是在他稍事休息的时候。女仆穿着灰色的法兰绒短上衣坐在他旁边，衣服上的扣子在丰满的胸脯部位全都扣歪了；她将手叉在腰部，不住地叹气。不过，这个露天咖啡座对米利凯至关重要，尤其是在天气晴好的星期天，因为会有很多游人过来。如今，很多小店主都有自己的汽车，或者小卡车，这一天，他们会把小卡车改装成乘用车。他的咖啡馆生意已经不如预期的那么好了（姑且这么说吧），所以如果星期天能额外增加收益的话，他一定不会错失如此难得的机会。想到这里，他又开始搬那六张长桌。他现在才意识到，这些桌子也太长太重了，长得过了头，也重得过了头。这些桌子原本是放在厨房里的餐桌，他以很便宜的价钱把它们买到手，然后亲自动手给它们上漆，把它们改造成了在花园里用的桌子。

露天咖啡座位于围墙后面的悬铃木树下，越过围墙可以看见湖水。透过围墙和向你平伸过来的粗树枝中间的间隙还能看见部分山脉。在这个季节的晚些时候，树枝会缀满绿叶，缀满绿叶的树枝会变成一面天花板，不管是阳光还是目光都无法穿透，但眼下它们还是完全裸露着的，酷似被岁月侵蚀的粗大木梁，被经年累月的高温烤翘了，扭曲成各种形状，而且还布满了鼓包、黑色孔洞和裂缝。在你的头顶上，树枝用它们的丫杈交错出许多格子状的图案，框出一块块菱形的天空；格子是黑色的，菱形则是蓝色的。太阳照过来了，但树枝的下半部分还没有完全干透。

那是个星期天，在这个露天咖啡座。咖啡座面朝湖水，东面是一条街，西面有一条小巷，小巷对面有一个玩九柱戏①的球场。咖啡座这边，北边来的风完全吹不到，随着太阳转向我们，在凝滞的空气中，人会感觉更热一些，而在更远处，可以看到微风吹过湖面，湖面

---

① 九柱戏是一种室外娱乐游戏，游戏的目标是用小木球来击倒排列成特定形状的小木柱。小木柱通常垂直放置在地面上，球则从一定的距离投掷，玩家要尽力将尽可能多的小木柱击倒。

泛起层层涟漪，无数的涟漪快速地向更广阔的水面扩散开去。

上午十一点钟之后，九柱戏比赛现场变得人声鼎沸。从围墙上望过去，可以看见选手们已经脱去外套。他们脱掉了过节穿的铁灰色外套，露出一大早就被处理得干干净净的白衬衫。小木柱倒下时的声音像极了人在爆笑。有些人在咖啡馆大堂喝开胃酒，因为天气如此之好（可能也有别的因素），客人比平常多了不少。玩九柱戏的人在比赛现场喝酒。也就是说有人在九柱戏比赛场地喝，有人在咖啡馆大堂喝。女仆来来回回忙个不停，米利凯也来来回回忙个不停。米利凯太太本人总算露面了。楼上依然没有动静，悬铃木树枝下边开始冒热气，露天咖啡座的地面慢慢变干了。

正午的钟声响起。

现在是鲁日在讲话。鲁日说："我和德古斯泰是两点钟来到这里的。每个星期天，我都会请他喝一杯。"

"露天咖啡座，"鲁日接着说，"有一半的座位已经被我们不认识的人霸占，他们不是本地人。咖啡馆大堂里的人也挺多，那些都是熟人。但我想说的是，我想强调的是，米利凯忙得不可开交（所幸有得忙，因为这种情况不是每天都有）。他在大堂接待客人，女仆在露天咖啡座伺候客人，他的妻子则在厨房里叨咕个没完没了。

大伙一眼就看出来了，这对夫妇又在闹什么别扭，尽管咖啡馆的生意很红火，甚至可以说红火得有些过了头。但对很多人而言，无论是红火过了头还是不够红火，那都没什么分别；他们吃不饱的时候抱怨，吃饱了也抱怨，因为满足是一种内在感受，一个人要么心里觉得很满足，要么觉得不满足。就在这时，女仆往外跑的时候摔碎了一个玻璃杯，因为米利凯太太来了。米利凯太太开始大声嚷嚷：'真不是人过的日子……'米利凯反问：'你想怎么样？'听到两口子开始来劲，我们这些在大堂里的人全都乐了。我们有十来个人，但她并不是很在乎，因为她的脑袋瓜里一旦装进了什么想法，她十有八九是不会善罢甘休的。'我想怎么样？啊，好吧，我今天就把话挑明了……老娘已经累了一整个上午，下午和晚上还要继续累，一直累到半夜，累到凌晨一点，累到五十三岁，楼上却养着一个大小姐……'这时有客人叫米利凯，米利凯一边应付妻子一边回应客人：'你闭嘴！你不要说了！……好的，我来了……''一个大小姐，晚饭还得给她端到房间，就像今天都忙成这样了也不例外，你敢不承认吗？当着这些先生的面……是的，先生们，每天都要给她送午餐，给那个臭不要脸的东西，我没有说半句谎话……'她还在喋喋不休，因为她一旦开了闸，嘴巴就会像念经一样总也停不下来。这时，米利凯准备豁出去了。他为一位客人倒了一杯酒,然后我看见他从走廊的那道门出去了……"

她回到床上躺下。她爬起来,坐到椅子上,不知道为什么要坐在那里,于是又回到床上躺下,她也不知道为什么要躺下。她的脑子里一片混沌,各种各样的画面在那里乱纷纷地来回穿梭,然后其中的一幅逐渐变得更加突出,出现在别的东西前面:那是船上的一块甲板。有一块油布,上面放着一个盘子和一个玻璃杯。要不就是一位戴着黄白色袖章的胖女士,胖女士穿着灰色的收腰外套,扣子扣得整整齐齐的,外套里面是一件高领胸衣。这位女士每次张开嘴,都会有一根鲸须①嵌入下巴底部的皮肤褶皱里……现在,她看到自己面前的墙壁上贴着缀满小小的白玫瑰图案的灰壁纸。墙壁穿过另一幅画面在她面前浮现,而那幅画面逐渐变薄,最终变成透明的了,就像织物的纬纱都被磨蚀了一样。她从床上爬起来,走到墙边去摸墙,然后又坐回到椅子上,椅子又开始摇晃,椅子在她身下缓缓升起,然后又开始下降,降到更低的地方,与此同时她感到心头掠过一阵阵寒意。她仿佛觉得夜幕降临了。她听见雾中的汽笛声。有人敲

---

① 旧时用鲸须支撑妇女的紧身褡、衣领等,后来常用柔韧的金属或塑料薄片或细条来替代鲸须。

门，门打开了。她把脑袋埋进双掌，她没有抬头，她透过指缝看见有人给她端来了一盘吃的。然后她一定又哭了很久。她一定又睡了很久很久。她再也记不起是从何时开始入睡，又是在何时醒来的。夜晚和白天交织在一起，仿佛一只手的指头插进另一只手的指缝中。她在此处，同时又看见了医院，看见了一把茶壶、一架铁床，看见白色的床单、小夜灯和用图钉钉在墙上的体温记录表。她听见雨点打在屋顶上，听见麻雀飞过来在檐沟上的清脆的啄击声，或是铁皮在它们的爪子下发出的尖锐声。那现在呢？哦！他们把他埋进了土里。他们把她带进办公室。她去了一家照相馆，他们把她的相片贴在一页纸上，他们在那页纸上盖印戳，印戳一半盖在相片上，另一半盖在那张写了字的纸上。她又开始大哭起来。她感到冷。她躺在床上，在被窝里缩成一团。她所在的车厢离火车头很近，火车头鸣笛，再次鸣笛，制动器摩擦着车轮，火车一阵颠簸之后猛然停下……

"朱丽叶特！"

她听到了这个名字，这是她父亲给她起的名字。然后有人试图打开房门，但门被反锁了。

"朱丽叶特，你能回我一句话吗？"

那人又开始了：

"你现在居然锁起门来了。你这是在搞什么名堂啊？

不能再这样下去了……你得下来。我们需要你……"

她在床上坐了起来。她说:"我来了。"她坐在床上,然后吃了一惊。外面的那个人下楼去了。她感到吃惊是因为她仿佛觉得天亮了。她面前的墙壁换了一种颜色。她一开始还纳闷自己是不是还在做梦,但她看见墙壁一直在那里,它再也不愿意消失了;它在动,与此同时天花板也在动。天花板上有许多美丽的小月牙,它们都有着同样的动作,仿佛是缝在一起的,它们令人联想到花边图案。地板上有一块四方形的阳光,恰似一块地毯。这些都是真实的东西。还有一股温暖的空气扑面而来。她把裹在身上的被子掀掉。她就像刚睡醒了一样,这一次是真正醒过来了。这时,小木柱被击倒时人群的爆笑声让她不由自主地将头转向了房间前面屋顶下边那两扇挨在一起的小窗户,那里的情景更让她感到惊异。起初什么都看不到,因为有两个光源:一个来自上面,一个来自下面;一个来自天空,一个来自水面。人们在玩九柱戏,他们用杯子或酒瓶敲桌子,他们大声交谈,他们喊老板拿喝的过去。窗外有一整片这样的水面,水面在噼噼啪啪响的微小的浪花中闪烁,洁白的闪光恰似刨花燃起的火。下面是水,但下面还有另外三样东西。水在下面,她将视线稍稍往上移,便看到了大地(如果湖的彼岸依旧是大地的话),但那更像是揉过的空气,捏在手里的空气。就像是空气中的空气，蓝色中的蓝色，一直上升到更高的地方，但到那里之后她就全然不明白是怎么回事了：天空中拉起了绳子，绳子上晾着美丽的雪地做的衣裳……

"就是在这个时候，"鲁日说，"罗西雇的那名鞋匠开始奏乐。必须承认，他是本地绝无仅有的艺术家。而那件乐器！……一件用珍贵木材制成、有十二根低音弦的乐器，上面雕刻的桃花栩栩如生，就好像可以摘下来一样……至少要花五百法郎才能买到的乐器，因此你一定要听听高音的细节：金丝雀也不能唱得那么好。这样的乐器发出的声音，就算在一公里之外也能听到。证据就是，她在自己的房间里听到了，甚至躺在床上睡觉的时候也听到了（这个是鲁日杜撰的）。是音乐让她重新站了起来，是音乐把她吸引到了楼下。单单米利凯的话，是无法把她劝动的。如果米利凯不承认这一点，那他就是在吹牛皮。没有音乐的话，我呀，我敢断言，她是一步也不会挪动的，而且这话是她亲口告诉我的。还有，你们还记得吗，她刚来的时候……我们都明白她为什么来以及为了谁而来。她这样的女孩和音乐就是绝配。还没有人注意到她。那一天到来之前，她就像个死人一样。但你瞧，有些女孩就是这样子的，一小段舞曲便能让她们重获新生。因为她们来自那样的国家，那里很炎热。

你们只要回忆一下她的出场……"

米利凯太太从厨房里出来，正在关厨房门。

她的手停在门把手上没有动。咖啡馆大堂的喧嚷声戛然而止，仿佛被人一刀剪断了。

再也听不见走廊墙后面的任何声音了，那里仿佛出现了一片广袤的寂静。此前，露天咖啡座的喧嚷声依然能听见，但随后那里也安静了下来。

顷刻间，只剩下球在洒了水的木板上的滚动声，就像暴风雨刚开始的时候一样。然后依然是小木柱那边发出的爆笑。然后……

"是四个吗？……"在一片寂静中，一个声音在问，"四个……""不，五个……""啊！是的，五个……我没有注意到……"

然后，那里的一切也完全凝滞了。

就在她走到悬铃木树下的那一时刻。

咖啡馆大堂仍然一片沉寂。

她看了看四周，先是背对着玻璃门，然后再次转向玻璃门和阳光。这时，肖维站了起来。

他像往常一样戴着那顶泛黄的旧圆顶礼帽，穿着一件破旧的、用绳子缝着的扣子都不一样的褪色外套，手上拿着一根小拐杖，脚上穿着一双破皮鞋。他走过去，杵在她面前。

他把手举到帽子那里。

他摘下帽子。就在他摘下帽子的那一刻，他那一大蓬脏兮兮的大胡子垂了下来，露出了夹在两撮头发之间的闪闪发亮的脑袋瓜。

第四章

  大家普遍认为米利凯做了一桩很划算的买卖。虽然继承一笔丰厚的美元遗产的希望最终破灭了，但他起码有大量的法郎进账做补偿，这些法郎既不是臆想出来的，也不是凭空虚构的，而是真实存在的；它们装在口袋里沉甸甸的，放在掌心能发出清脆悦耳的响声。不到一周的时间，他的顾客就翻了一倍。这是他看得见的，也是所有人都能看见的。因为人们纷纷赶过来了，而且还在络绎不绝地来，能够进来大堂的人都进来了。但也有一些因为性别、年龄或没钱而被迫留在外面的男男女女；这些人透过满是气泡的玻璃窗，透过镶着假花边的窗帘，试图看清那位姑娘是不是在咖啡馆里面。
  他们看到的只是大堂里弥漫的烟雾，那烟雾就像人们常说的那样，浓得可以用刀切开。很显然，所有的人都在低矮的天花板下，在地板和天花板之间的狭小空间里抽雪茄、香烟，抽陶瓷或木质烟斗，抽得那里天昏地暗。天昏地暗也许是因为那位姑娘不再散发出光芒。

就是在这段时间，所有的树木一起在道路上方奋力地生长，用它们的叶子为你将天空遮挡。只见麻雀停在外板窗上，嘴里衔着一根长长的麦秆。

就是在此期间，在短短几天时间里，青草长到了膝盖那么高，长到最高点了。又有大批的汽车从公路上驶过，其中有好几辆车来自国外（她本人就是从国外来的），车上悬挂着白底车牌，车牌上印着黑色大写字母，诸如 A 或 G.B. 或 Z 之类。村子后面有一条国际公路，那条公路不再是从前那种白色的车道，而是漆黑的沥青路面，上面的沙粒被汽车轮胎碾成了粉末。来自世界各地的汽车风驰电掣般从那里驶过，车灯的白色灯光越过树篱，打在果园的树上，就像人们想用棍子把树上的果子打下来的时候一样。此刻，是这片区域成了光芒四射之地，汽车的引擎盖、风挡玻璃、镀镍部件、钢制部件和车窗玻璃上都闪着反光。她呢，她只穿着一件小黑裙，头上系着黑色花边手帕（大家都在想，这一定是她来的那个国家的时尚）。

不管怎样，人们依然络绎不绝地登门。最初在空气中传播的那些话将她描绘成一个风姿绰约的女子，而且用的是绚丽的色彩。那些话仍然奏效，它们继续在远处产生影响，向人们发出召唤。因此，在这些日子里，米利凯做账时（最简单不过了，在咖啡馆打烊后，点一下一天下来总共有多少硬币和纸币进钱箱），有理由感到高兴，他本来有理由感到高兴的，但因为有烦心事，他的心情很不好。心情不好是因为他妻子拒绝向朱丽叶特示好，她对女仆说："情况比我预想的还要糟。"朱丽叶特现在在厨房用餐了，但米利凯太太那副做派就仿佛朱丽叶特是空气一样，她就是这种态度，假装没有看见朱丽叶特进来，假装没有听到朱丽叶特向她问好，有时还会提高嗓门埋怨或发表一些侮辱性的言论，但这些话只说给她丈夫听，她丈夫则懒得搭腔，因为这样更省事。

朱丽叶特也不说话。她低着头，头上扎着花边手帕。要弯腰趴在桌子上才能看到她的脸。人们伸长脖子试图从下方看她的脸，这么做把在场的人都逗笑了（趴在漆成棕色的桌子上，桌子旧了）。但有时人们也不笑，他们在缭绕的烟雾中将满杯或半满的玻璃杯举到嘴边。人们笑了，然后突然又止住笑声，变得羞怯起来。那是在她抬起头的时候。先前一直在说话的人，现在也把嘴闭上了。

现在他们不敢直视她，因为那会让你觉得有一根长长的织针刺进了你的心脏。

她在咖啡馆大堂伺候客人，女仆则在露天咖啡座。米利凯可能更喜欢让她待在身边，这样就可以直接监督她。所以，当外面有人叫喝的东西时，他会派女仆去照应。

一天晚上，一大群年轻人来到这里。白昼开始变长，晚饭后他们还有时间去玩九柱戏，至少那天晚上他们给自己找了这么个借口。他们先是到了露天咖啡座，然后四处看了看，好像没有找到他们想要的东西，就去了球场。那些球似乎在那里，在木横档的下面等着他们。那里有大球和小球，球上有一个插大拇指的圆孔，还有一个更大的洞口用来插其他手指。

大个子亚历克西的目光越过露天咖啡座一侧的围墙望过去。"我们喝点什么？"他用拳头敲桌子。

那天晚上，玩九柱戏的人当中，有一个是当骑兵的大个子亚历克西。他是一个身高超过一米八的帅气小伙，蓄着金色小胡子，长着一副低低的前额和一头卷曲的头发。他使出全身力气敲桌子。

女仆走了过去。

还没有人开始玩九柱戏。只听见女仆问："您喝点什么？"

亚历克西回答："什么都不喝！……"

他抓起最大的那个球：

"加维莱，该你了。"

加维莱接过球。

一直在旁边等着的女仆终于走了,一点都不明白发生了什么事,或者说暂时还没搞明白。这时亚历克西再次用力敲桌子。这一次,为了让人听得更清楚,他操起桌子上的一根棍子敲。

他等着看谁会过来。是那个胖女仆,她又回来了。

他一直扭头看她,直到她走近,然后问她:

"你,你来这里干吗?"

"没教养!"

她走了。可以听见她在露天咖啡座跟人说话,随后米利凯本人驾到。

"啊,是你呀,"亚历克西说,"就你一个人呀……可我们这么多人,你一个人应付不来。"

然后他对其他人说:

"咱们撤吧……改天再来。"

他们再次穿过露天咖啡座。小莫里斯·布塞也跟他们在一起,那是我们镇长的公子,还不满十八岁,性格温和内向,但据说已经订婚了。

如今鲁日一天过来两次。那天,他第一次来是下午两点前后;第二次来已经是晚上比较晚的时候了,那时月亮的上弦已经在当多什群峰或当多什峰(对我们来说,它们实际上是一个山峰)上方出现。

乌云像一层脏冰一样遮住天空,久久不去。突然,它们朝各个方向裂开。天空从云层裂缝中显露出来，于是天上布满了一道道浇灌牧场那样的小沟渠。鲁日推开咖啡馆大堂的门，惊讶地发现里面竟空无一人。他等了片刻：没有人出来。他继续等，听见从厨房里传来的争吵声。隔着墙壁，他听出了米利凯的声音，接着又听出了女仆的声音。还是没有人过来，他只好喊了。他打开通往走廊的门，大喊："喂！有人在吗？"这时，争吵声突然停止了，紧接着米利凯出现了。看到鲁日后，他双手抱住了头。

"你怎么了？"

米利凯走到电灯下，脸色比平常还要灰暗，脸上的皱纹也比平时多了不少。他歪着头，嘴巴半张着反问道："我怎么了？"

继而又说：

"你知道吗，所有这一切都要怪你……好像嫌这里有两个娘们还不够多，非得给我再弄一个过来……现在你看见了……"

他指着空荡荡的咖啡馆：

"没人受得了……"

"可怜的米利凯，你还是老样子。身在福中不知福。"

"我身在福中不知福？看这个……"

他从猎装口袋里掏出一张纸。

"看,"米利凯一边说,一边把那张纸递给鲁日。那是一张印有账目栏的账页,上面写着:

招聘启事

这是标题。下面的几行字笔迹粗重,满是涂改的痕迹:

湖边一家环境不错的小咖啡馆,招聘一名口碑良好的女服务员。有意者请联系……

"是的,"米利凯说,"我现在落到这步田地了,都不敢署自己的名字……"

他靠着桌子站着(他块头大,笨重,裤子松松垮垮,大胡子稀疏,小胡子发黄)。咖啡馆里开着灯,他们俩都被灯光照着。但在那边,在九柱戏球场的后面,在越来越明净的天空下,突然响起了手风琴声。

琴声响起的时候,鲁日已经看过那则招聘启事并把那张纸还给了米利凯,一边说:

"这种事还能把你咋了,嗯?女人那档子事,你早就见怪不怪了吧。"

当时,他们俩就在电灯下,鲁日接着说:

"你永远也改变不了你的妻子，你还想怎么着？她要吵要闹，就随她去好了……"

搪瓷铁片灯罩罩着的三四只灯泡上布满了小黑点，那是苍蝇屎。他们俩站在灯泡下面，身上也全是黑点。

"坐下，"鲁日说，"我来给你解释……但是，她呢？她人在哪里？"

米利凯耸了耸肩：

"还用问！当然在她的房间啦。她又把自己锁在房间里了。我妻子也把自己锁在房间里……女仆已经给我下了最后通牒，说再干一个礼拜就走人。"

他坐下来，手肘支在桌子上，双手抱头，说：

"再这样下去，我会疯掉的。"

"不会的，"鲁日说，"你有更重要的事情要做。你是身在福中不知福，我已经告诉过你，不要和我争辩。你只需知道如何去处理……"

朱丽叶特在楼上，她抬起了头。她只脱了一半衣服。她坐在床上。看不见月亮。正前方有两扇窗户，它们挨得那么近，都要碰到一起了。但月亮依旧躲着。月亮只是在你的前方，在玻璃窗的另一边，在云层的缝隙中，发出一种柔和的尘埃般的光芒，仿佛电灯透过纱布照射出来的光。手风琴的轻柔乐声从那边飘过来，从玻璃窗前拂过，轻轻地拍打着玻璃窗，就像鸟儿的翅尖从上面划过。她双手抱住赤裸的双脚，伸长脖子，整个身体前倾。琴声传过来，不断地传过来。她跳到地板上……

"你不懂随机应变。你妻子要吵要闹，你就随她吵随她闹好了……"

她走到门边。她将耳朵贴在薄薄的松木门板上听着。屋子里除了从楼下传来的沉闷的嗡嗡声外，没有其他声音，那嗡嗡声就像被困在窗帘后面的苍蝇发出来的……

"你妻子的那点事无足挂齿。哦，米利凯，你很清楚……"

她径直朝那只大皮箱走过去，拿出一双绳底帆布鞋和一条花披巾。她将披巾裹在身上，悄悄地溜到楼道上。楼道没人，楼梯上也没人。连电灯都没开，要不就是米利凯太太上楼时把灯关了。她不用费多大的劲就能走到那扇通往小巷的门，也就是轻柔的乐声传过来的那个方向。果然，乐声又回来了，这些乐声在凉爽的夜晚显得更加响亮、更加清晰，也更加丰富了。一支舞曲在她周围飘荡，在她打开大门的那一刻甚至涌进了走廊……

"别把她关在家里，"有人在咖啡馆大堂说，"干吗要让她干活呢？她天生就不是那块料。别把她关在家里，不然的话她可能一下子就蔫了……"

琴声在两个男子周围徘徊了一阵子，在搪瓷铁片灯罩下回旋着。

"就好比蝴蝶的翅膀：如果你去碰它们，它们就会变灰……放飞吧……真到了不知道该如何处置时，你可以把她送到我家。"

房屋的大门重新关上了。她现在到了大门的另一边，也就是感觉很惬意的那一边。她拥有了全部的音乐。她所要做的就是顺着音乐走，就像顺着一条小溪一样。在九柱戏球场的尽头，工具房后面的两堵墙之间，有一条通道向她敞开。她走进那条通道，抬起头，转向左边然后又转向右边。是在右边。墙比她高，但现在大家开始明白她是谁了。一辆装了侧栏板的马车被推到墙边。她将披巾系在腰间，双手抓住侧栏板，然后借着月光顺着侧栏板往上爬。月亮刚从云层后面钻出来，月光照在她的头发上，然后是肩膀，然后是她的裙子和腿上。看得出她有多么地敏捷。她蜷缩着身子在墙顶蹲伏了片刻，猫着腰，双手向前平伸。那里是一个水泥露台的边缘，人们常在那里晾衣服，从拉在支架间的铁丝就能看出来。看得出她知道自己该怎么做。看得出她知道如何应付。她没有直起身，也没有站起来。那样做太容易暴露。那一弯上弦月宛如一块洗得很干净的冰，照亮了米利凯咖啡馆的一角；月光在更远处的水面上照出一条金光大道，然后将金光反射到你身上。她像猫一样匍匐前行，悄然无声，仿佛在寂静中又制造出了几分寂静，仿佛在前行的时候往寂静中添进了几分寂静。她就这样到了露台的另一边。她只需在露台上将全身伸展开，只需露出眼睛。

  琴声是从院子另一侧，从一所低矮的长方形房子里传出来的。那房子只有一楼是用石块砌的，像一个下面带有马厩的谷仓，在马厩旁边则有两个房间，其中一个房间的窗户亮着灯，窗户上没挂窗帘。可以清楚地看见他。房间里有一张小铁床靠着白石灰墙，床上铺着一条棕色的带有彩色条纹的毯子。他坐在窗户和铁床之间，坐在一张没有靠背的椅子上，因为他坐不了有靠背的椅子。他的背上有个驼包把他的头压向膝盖，他要费很大的劲才能将头抬起。哦，他个子那么矮小！哦，他的脸色那么苍白！他那么矮小，却拥有一件巨大的乐器，当他把那个长风箱的红色皮革完全展开时，乐器甚至比他本人还要大。然后，他将风箱弯成半圆形，从两边顶着空气的阻力往中间挤压；这就是他的整个身体都倾斜的原因，他将肩膀弯向里面，张开双臂施加压力，但他的手指在亮闪闪的漂亮琴键上跑得多快啊！她稍稍探出头。这时，他在没有看到她的情况下向她转过身来。他用脚移动下面的凳子，准备拉一首新的曲子，前一首曲子已经拉完了。这一次的曲子很棒，这一次的曲子特别优美动听。首先出现的是一声长长的呼唤，是低音持久的长鸣，然后出现一阵短暂的静默，紧接着成千上万个轻柔的音符同时倾泻而出。

她敲了敲窗格，他并没有停下。她在窗户上敲了三下，他只是抬起头，好像并不觉得惊讶。

没有任何东西能够，哪怕只是一瞬间，能够阻止甚至改变或者减慢那风箱的优美运动，以及他的手指像爬梯子一样从上到下、从下到上地飞舞。她敲门，他示意她可以进去，然后他再次用尽全身力气挤压抵抗的空气，奏出一个宏大的和弦。这时，她走进了第一个房间，皮革刺鼻的味道扑面而来，呛得她直咳嗽，但她看到第二扇门门底下透出一缕灯光。

起初，她双肩靠在墙上，让自己放松下来。与他相比，她显得非常高大。

她似乎在努力控制自己，整个人向后仰，双肩抵着墙，双手交叠在一起。然后，突然之间，在阴影中，在她棕色面庞的下方，她那一排洁白的牙齿闪现出耀眼的光芒。

他一定明白了她的意图。他向她做了个手势。

于是，她解开了围在她美丽双臂上的披巾，把围在圆润颈子上的披巾解了下来。

第五章

　　这里，沿着湖边，是一片相对平坦的区域（在我们这里，平坦的地形非常少见）。

　　在这里，山明显远离了水边，而在别处山是紧紧地连着水的。这是一片略有起伏但相对平坦的水岸，有一两公里宽。

　　在铁路和湖水之间，有一片比较奇怪的混合地带：既有未开垦的荒地，也有耕地（在我们这里很罕见）。耕地一半是农田，一半是葡萄园，就像人们常说的那样，大面积开垦的地块屈指可数，大农场不多，大房子也不多，因为这里的房屋通常比其他地区的房子要小。而再往前走，往东边一点的地块就完全没法耕种了。到了那里，我们首先看到的是一片细沙滩，紧挨着水边的地方有一片松林；在闪亮的湖水边，松林的叶子宛如一抹夜色。沿着树林走，可以听到布谷鸟在山谷深处咕咕叫，还可以看到身边高耸的红色树干在天空中仿佛撑起了黑色的天花板，就好像当白天来到闪闪发亮的水面上时，黑夜留在了茂密的树枝深处，就好像有人在黎明时分将它暂时存放在那里，到了傍晚又把它取出来一样。过了树林之后，细沙消失，取而代之的是鹅卵石，但湖岸在这里迅速变宽，因为它向宽阔的湖面伸出了一个尖角。现在要经过鲁日的房子。那不像房子，更像是一个没有楼层的仓库，一半是木头，一半是砖头，房子以前涂过黄色的油漆，前面有一个用来晾晒渔网的棚子。要想继续往前走，就必须穿过两堵比肩膀还高的芦苇墙。然后就到了布尔多奈特河。到了那里，水面出现在你眼前，而之前它一直在你旁边。但那里的水面很窄，对岸是一座非常陡峭的悬崖。此处的水是死水，没有水流。向西伸出的陆地尖角为这片水域挡住了从日内瓦过来的波浪，对岸的那座悬崖则保护它不受来自东边的沃戴尔风[①]的侵袭。鲁日的小船都停在那里（在小径尽头，他每年都要用柴刀重新开辟那条小径）。有两条小船，其中较小的那条漆成了绿色。

　　两条船都系泊在浅浅的、清澈见底的水面上，一条小鱼平躺着像梭子一样有规律地在水里来回游动。由于水底有淤泥，一旦有人踩进去，水面一下子就会变得很浑浊，但如果想往深处走，又非踩到淤泥不可。如果想

[①] 夏季自东南方向吹拂过莱芒湖的一种强风。

一直走到那座悬崖和悬崖顶上的那个美丽观景台，就必须脱掉鞋子。要途经炙热的碎石路和各种带刺的灌木丛，一直走到绿色苔藓那里——在悬崖顶那些高大的杉树下，长着一层厚厚的、湿漉漉的苔藓。那上面是本地人所说的"大森林"，森林虽然并不大，但非常茂密，它在布尔多奈特河这一侧异常陡峭和崎岖，在湖水的一侧则倾斜着悬在半空之中。一到星期天，那里到处都是情侣和游人。

从悬崖顶上，可以非常清楚地看到鲁日的房子。

当我们转身面朝西边时，那所房子恰好就在我们的正下方。房顶由双色材料搭成，一半是瓦片，一半是沥青纸板，看上去就像是直接放在沙滩上的。仿佛只要跳下去，就能落在其中的一条船上，仿佛这些船是特地放在那里等着接住你的。鲁日在沙滩上来来回回走动的时候，我们也可以很清楚地看到他。尤其是那天早上，可以看得特别清楚：他和德古斯泰刚刚捕鱼归来。

鲁日和德古斯泰两人一同站在房子前面。鲁日又矮又胖，德古斯泰则高高瘦瘦的。

可以清楚地看到鲁日双臂交叉在他那件海军蓝色的毛衣上，甚至可以看见他那杆烟斗里的烟雾在他的脸旁和深蓝色的肩膀上升起。跟毛衣的蓝色相比，烟雾的蓝色要淡很多。

这是在六月初从悬崖顶部俯瞰到的景象。这时你还能听到鸟儿在你身后的大森林里，在绿得发亮、气味浓烈的苔藓上方的巢穴里叽叽喳喳地叫个没完。苔藓散发出一股湿润、清新的气味，即使在干燥的小石块中间也一样，而别处的水却闪着干巴巴的光，像是新镀过锡的金属在闪光。那两名男子变成了两个黑点，他们继续保持着两个黑点的样子不变，因为从高处看下去，他们是扁的。他们在灰色（近看是粉红色、浅蓝色、紫色、白色）的卵石上变成了两个椭圆形的黑点。然后，头戴鸭舌帽、双臂交叉的鲁日再次点头，与此同时，鸟儿的叫声像爆炸声一样传来，仿佛有人在发射臼炮，震得水泥框里的玻璃窗瑟瑟发抖。巨大的爆炸声来自陆地，而水面上只有寂静，偶尔会出现一个带着闪亮卷边的小浪，圆形的浪头时不时涌到岸边，在那里伸展出四肢，露出利爪。

鲁日双臂交叉，端详着他的房子。

他端详着与房子的砖石结构相连接的木棚，里面有一间卧室和一间厨房。然后，他问德古斯泰：

"嘿，德古斯泰，你觉得这个怎么样？"

然后，他自己回答了这个问题：

"我呀，我不认为这有什么好……"

他指着工具房的墙板，墙板曾经仔细填过灰缝并刷过油漆，但历经日晒雨淋、寒来暑往和天气变化，它们最终开始松动，开始散架。他指着木板上那种类似皮肤病的东西，这种皮肤病使得上面的颜色像鳞片一样剥落。还有那扇在扭曲的铰链上歪歪扭扭地打开的门。他指着那面开裂的砖墙。奇怪的是，他看起来似乎非常满足，说："这让我恶心……"但说话的同时，他的眼里闪烁着心满意足的光芒。

"是的，德古斯泰，就是这么回事，我们都老了……"
他抽着烟斗，满足的光芒从眼睛溢到了脸上。
"房子早就开始走下坡路了……我们甚至都没注意到，因为我们自己也早就开始走下坡路……"
他说这些话时用的是过去时态（为什么用过去时？）。接着，他又问：
"那你呢，德古斯泰，你怎么看？"
德古斯泰点了一下头。他很少说话。
德古斯泰表示他完全同意。他的眼睛一只好，一只不好。他戴着灰布鸭舌帽。但看到老板站在这个破旧的砖房和快要散架的工具房前露出的那副表情，他还是觉得很惊讶。更让他感到惊讶的是，鲁日转身对他说：
"嘿，德古斯泰，你去拿一把卷尺过来……"
德古斯泰去拿卷尺的时候，鲁日用一根火柴挖着烟斗里面堵塞的烟灰，然后将烟斗轻轻地叩在手掌上。

鲁日把烟斗塞进口袋。

他拿过卷尺，把它展开。

"我们来量量看。哦，很快就可以量完的。"

他走到墙边，边走边说：

"你懂的，这房子已经有三十个年头了，但我们要让这一切焕然一新……四米六，四米六乘以……乘以三……然后……"

他停了下来：

"三米加三米五，那是六、六米五……这就是需要修缮的部分。去帮我拿铅笔和纸。"

他大声喊道：

"在桌子上……拿一张广告单……"

他走到窗台上坐下，用铅笔在纸上画了起来。

"你看……这是工具房，这是我的卧室，这是厨房……这些地方都需要翻修……但是，现在，有谁会拦着我们，不让我们在厨房边上再加盖一个房间呢？反正地皮不是问题。加盖一个房间，有需要的时候总能派上用场的……"

他用铅笔在纸上勾勒出平面图。

"三米五长乘三米宽，正好合适。我们只需要在厨房的墙上凿一个门。你觉得这么建怎么样？"

"当然好。"

"这是你的老本行,你一下子就可以上手,对吗?"

德古斯泰差不多什么行当都做过,他根据需要,相继做过农场工人、挖掘工、葡萄种植工和泥瓦匠。

"你干老本行,我呢,我给你打下手。"

"哦!当然可以。"德古斯泰说。

"好就好在我们有现成的材料,我只需要去佩兰那里弄些木材做屋架……你重新拿刷子和泥刀的话,手还是很利索的吧?……"

鸟儿一直在天空的边缘发出巨大的叫声。

"我们让湖里的鱼暂时歇一会儿吧。它们也应该歇歇了。换个活计做一下也挺好的……听着,我会去采石场看看……你嘛,你把鱼送到火车站……我中午回来。"

他一边说话,一边转向传来鸟鸣声的高空。那里,天空边缘似乎被不停地揭开然后又放下,天空在树林上方像锅盖一样被揭开。鲁日还能听到工具房的门在他身后吱吱作响,还有德古斯泰的手推车车轮发出的声音;车轮从一块石头蹦到另一块石头上,发出敲小鼓般的咚咚声。鲁日的心中充满了满足感。这就是他把那张画有平面图的纸放进口袋之后并不急着离开的原因。他走进芦苇丛。起初可以看见他的肩膀和头,然后就只能看到他的头了。最后,当鲁日走到两条船旁边时,连他的帽子也消失在高高的银色芦苇穗后面了。在他的右边,是对岸高高耸立的陡峭悬崖，而他所走的这边湖岸刚开始时地势很低，顶多算一个长满桤木的矮坡而已，坡上有一条小路供渔警使用（捕鳟鱼的渔民，无论是有执照的还是没有执照的，都会走这条路）。鲁日不慌不忙，兴许是天气晴朗的缘故？他也没有抄近道（或许那天早上他大可不必亲自跑去采石场）。但很可能是因为天气好，因为他看起来真的非常开心。他在蜜蜂、白蝴蝶或黄蝴蝶中间，在高大的当归秆中间，在黑色叶子上覆盖着一层黏液的桤木树下，继续显露出非常开心的神情。这些桤木在他的头顶上方搭建了一个带有蓝色玻璃天窗的屋顶。小路时不时消失在灌木丛中，与此同时开始爬升。此刻可以听见布尔多奈特河发出的哗哗声，就像火车过桥时发出的那种声音一样。鲁日所在的湖岸也开始升高。然后出现了一个小峡谷，水流变窄，从我们称之为磨砾层的软砂岩石级往下倾泻，落进水潭里。之后视野突然开阔，一个宽阔的河谷出现在眼前。这是一片广阔的、沙质的、荒野的地带，上游有一座漂亮的多拱石桥，为此处增添了一道美丽的风景，那是铁路高架桥。而其他地方除了左边的采石场外，就只有贫瘠的草场了。这是一片贫瘠的土地，几乎没有人耕种，也几乎没有人居住，因为只能看到左岸的半山腰上有一座半埋在地里的小房子：那是一个名叫博罗梅的猎人兼渔夫的家，他一个人住在那里。

一列火车从高架桥上驶过。这是一列无烟火车。

他们现在使用电力机车,电力机车看上去完全不像传统的蒸汽机车,更像普通的车厢,唯一的区别在于它们有一个集电杆,然后这些有集电杆的车厢被连接在了其他车厢的前面。

一列火车呼啸着从高架桥上驶过,鲁日看着火车经过,情不自禁地想:"这些电力火车跑起来确实贼快,开得也忒顺畅!……"

火车毫不费力地从桥上飞驰而过,动作优美,锐不可当,车窗全都熠熠闪光。眨眼之间它就消失得无影无踪,呼啸声也随之消失。鲁日接着想:"这总归是一种进步!而且还节省了不少煤……"

他抽了一口烟,朝左边看去。那边有两三个工人在筛网后面挥动着铁锹,然后举起镐头,举过头顶的镐头在阳光下金光闪闪。

几辆小型翻斗车沿着一条轻便狭轨铁道从采石场驶向一处红顶建筑,但首先映入眼帘的是采石场本身,采石场一层接一层被裁切得方方正正,恰似儿童堆叠的积木,有的部分被阳光照亮,有的则处于阴影之中,因此看起来也像是铺砌的方砖,天边升得还不是很高的太阳照耀着这一块块蓝色和黄色的方砖。

工人们用铁锹将沙砾从上一层铲到下一层。沙砾被筛成大小不一的颗粒，也就是说从最细的沙子到真正的小石子。鲁日觉得他们选对了地方，这里很不错，一切都安排得井然有序，看上去他们有很多活要干。就在这时，鲁日看到推着矿车在路边走的拉维内，此人是萨瓦人，经常去米利凯那里喝酒。他腰间系着红皮带，身上穿着件无袖的黑色棉质紧身内衣。

鲁日问拉维内：

"你好！最近怎么样？老板在吗，我能见见他吗？"

鲁日走在推着矿车的萨瓦人旁边，继续说：

"你知道，我们要建个房子。是的，我们要开始搞建筑。我需要砖块，需要沙子。还需要老板给我弄点水泥……他可以在这几天把东西都送到我那里……"

后来他去了佩兰那里，佩兰是造船的木匠，可以说跟他是同行。主要是他的作坊就在米利凯的咖啡馆对面，鲁日正好可以借这个机会去咖啡馆喝上一杯。

那天，鲁日去了米利凯的咖啡馆三次……

"是的，"他说，"房子太小了，实在是太小了，而且也快撑不住了。所以我们就自己动手建，我和德古斯泰都成了泥瓦匠。"

辛好不缺水。他们运来了沙子，运来了水泥，还有砖块。砖墙"长势"很快,就像被精心照料的植物一样,到了第八天,新砌的墙已经跟人一样高了。

鲁日则负责旧墙的修缮。

他旁边放着一个大铁桶,里面装了四分之三桶美丽的棕红色油漆,像奶油一样稠,散发着亚麻籽油的香味。他将三四指宽的刷子蘸上油漆来粉刷木板,从最上面开始刷起,免得让油漆滴到地上。很快,一切都变了样,工具房的正面已经变得让人认不出来了。

现在,他开始着手刷北面,再次向前来围观的人解释为什么要翻修房子,而铁桶周围的卵石布满了大圆点,像暴雨来临前洒下来的雨点。

世界是美好的,只是有时候需要很长时间才能发现它的美好。

"你们不觉得吗?再这么下去,我们住的地方跟肮脏的猪圈又有什么两样……幸亏我们及时采取了行动……"

他将指甲插进木板,挑起一片剥落的鳞片。"它开始腐烂了。"他对跟在他身边的人说。但随后那个女孩来了。他没想到她会来,更没想到她这么快就来了,说实话,有点太快了。

他的工程还没完工,他万万没想到米利凯会让她来这里。实际上,那天的情况很特殊,因为下午有几位先生打电话订了当天晚上的油炸鱼。米利凯措手不及,只好派她跑一趟。

"你能找到那个地方吗？……要一公斤新鲜的鲈鱼仔。鱼的名称你记得住吗？……"

她上路了。她开始扭动自己的小脚，影子落在前面的卵石上。她的影子跑到她前面的石头上，比她本人还要长。她打量着这些圆圆的、扁平的石头，因为它们的颜色很好看：有粉红色、红色和巧克力色的。水中的石头颜色更加鲜艳，水外的则比较淡，其中有蓝色的、白色的，有亮闪闪的，甚至还有透明的，那些玻璃碎片、盘子碎片的边角都被水流磨得光溜溜的了。我们继续讲故事吧：为了让她开心，这里已经有那些五光十色的漂亮彩石在她眼前闪烁。然后，在坡堤和湖水之间只有那条小路的空间了，小路的路基有碎石保护。三两个不满七岁的孩子（其他孩子都上学去了）在沙地上奔跑，他们把裤子卷到了大腿中部，跑进水里，但湖水还很冷，冷得他们直尖叫。她兴致勃勃地看着孩子们，抬起她那长着一头秀发的脑袋。此刻她走在柔软的沙地上，脚下软绵绵的。她的影子蓝幽幽的，在这片沙地上，再也没有任何东西来破坏它的形状，而其他地方地面不平，她的影子会变形，会支离破碎。阳光从侧面照射过来，松树干呈现出美丽的红色。她呢，她身体的一侧被照亮。她亭亭玉立，一侧的脸、肩膀和胳膊被阳光照亮。孩子们又尖叫起来。波浪打过来时,他们往后跑,过后他们又往前冲。她穿着黑色的绸缎小上衣和同样材质的小短裙,手上提着篮子。然后她来到那片开阔的沙滩,鲁日的房子就坐落在那里,坐落在那里的还有矗立在旁边的那个闪闪发亮的漂亮的立方体,那个刚刚刷过油漆的漂亮的立方体工具房。斜着看过去,工具房油漆未干的正面像阳光下的一面镜子,而在背面,在阴影中,可以看到一个胖子停下了上下挥动手臂的动作,然后似乎在犹豫了一下之后把刷子放回到桶里(她越走越近),笨拙地在裤子上擦了擦手,说:

"小姐,我真不敢相信自己的眼睛!是你……我没想到你会来这里,小姐……不,我真的不敢相信。难道米利凯……"

她没有对他的话做出回应。她有个任务要交给他,把这个任务交给他之后她的任务就算完成了。但鲁日回答说:

"鱼?哎呀,没有……既没有鲈鱼,也没有鳟鱼,也没有鲍鱼。连梭鱼都没有。今天早上所有的鱼都被装上火车发走了……每天都是这样,米利凯又不是不知道……"

然后,看到她没办法只能空着手离开,看到她正准备空着手离开时,他又问了一句:

"真的那么着急吗?"

接着又说：

"如果你能等一会儿，小姐……"

"哦！我等不及……"

"可以的！我马上派德古斯泰去找若南。肯定能在他那儿拿到你要的东西……喂！德古斯泰……"

他不再听她说话，他大声喊德古斯泰。德古斯泰已经走过来了，沾满砂浆的手指变得又灰又硬。

"你听明白了吗？"鲁日说，"……还有你（对朱丽叶特），就交给我来处理吧，我负责把这件事办妥……（对德古斯泰）你呢，马上出发。要一公斤，要足重，听明白了吗？"

"听明白了。"

德古斯泰去洗手，将背心套在衬衫外面，大步流星、头也不回地走了。

这时，这里就只剩下她和鲁日了。鲁日说：

"你得坐一会儿，小姐……啊！糟糕！我们正在翻修房子。我不敢让你进去。里面太乱了。你的篮子，我帮你拿着吧……"

他从她的手中接过篮子，把它放在厨房里。但她不可以进去，他说什么也不敢让她进去。等他进屋之后，她环顾四周，她上下打量着。她看到了湖水、天空、山峦，然后是沙滩和卵石、芦苇、高耸的悬崖。她脸上的表情变了，她说：

"哦！我喜欢……"

就在鲁日出来的时候，她转身对他说：

"这里就像我们家。"

"你们家？……"

"就像我们那边。"

"啊！"鲁日说，"这里像你们家？如果这里像你们家，那就太好了。"

她问鲁日：

"你是渔夫吗？……我也会捕鱼。"

鲁日问：

"你也会捕鱼？你是怎么学会的？"

"跟我父亲学的。"

鲁日说：

"听我说，你还是坐下吧……既然你懂这个行当……"

他去拿了个麻袋过来。沙滩在晾网杆后面形成一个斜坡，他在那儿铺上他的麻袋。

"坐这儿，小姐。"

她照他的话做了。他则坐在她旁边的红色瓦片上，坐在毛玻璃片中，玻璃片中还混杂着旧瓶塞和已经变成石灰色的碎木片。他又开始对她感到惊讶了：

"你说我们这边的话说得很地道……只是夹带了一点

点口音……"

因为她的口音很奇怪,词尾发音短促得有点怪,而且有点嘶哑。

"是我母亲教的。"

"她说的是哪种语言?"

"西班牙语。"

"你们那边的人都讲西班牙语吗?"

"是的,"她说,"但我父亲去世了。我母亲也去世了。"

说完她沉默了。她低下头,双手交叉着放在膝盖上。

"我父亲是铁路上的领班。他星期天常回家看我。我们会一起出去捕鱼……"

她好像急需把这一切都告诉他,但也可能是因为这些事情在她心里憋得太久了。

"他发病一个星期就……"

她再次沉默,而鲁日在她轻轻摇头的时候,什么话也不敢答,甚至都不敢直视她,只是不停地在手指之间转动着他那只带盖的木烟斗。

"一个星期。然后我就到了这儿,反差太大了……"

她重复道:

"反差太大了……"

她再次环顾四周,表情再次发生了变化,于是鲁日

跟她说了这么一番话:

"哦!不管怎样,你都可以把这里当成你自己的家……你要是遇到什么事,小姐……而且你看,我们正在翻修房子,真是太巧了!别人可能会说我这么做是有预谋的……"

朱丽叶特站起来的时候,他还在说:

"我们这些人吧,我们跟米利凯夫妇不是同一类人……"

但她耸了耸肩。看到她站起来,看到她耸肩膀,他笑了,说:"我觉得我们俩能彼此理解……"他开心地用食指和拇指装填烟斗。鱼儿从各个地方跃出水面,闪着小小的白光。今天天气真好,天公作美啊!

她站起来,转向房子:

"这么说,你们在翻修房子?"

"是的,"鲁日说,"但不只是翻修。你看,我们还加盖了一个房间。"

他将双手举到面前,在强烈的阳光下,手心微微透光。与此同时,烟雾穿过他那蓬灰色的胡须往上升腾。然后他放下手,从嘴里取出尚未完全点燃的烟斗。

"哦!不,不,"他说,"别进去。等它完工了再说……"

接着他又说:

"我们还是去看看船吧,你对船比较了解。"

他们沿着沙滩走进芦苇丛中间的小路，一开始他们并肩而行，但后来小路变窄，两个人并排走不了。在他的鸭舌帽后面，可以看见一副美丽的黑色肩膀穿行在高高的芦苇穗中，芦苇穗在小路的两边剧烈摇晃。之后芦苇穗遮住了那顶鸭舌帽，遮住了那副肩膀，最后也遮住了在耳朵上方闪闪发亮的黑发（这一切都是在德古斯泰去跑腿的时候发生的）。再后来可以听见鲁日的声音：

"啊！总是这样！德古斯泰总是忘记收桨。"

另一个声音回应道：

"太好了！"

他们来到水边。果然，较小的那条船上，有一对船桨横放在座位上。在这里，在高高的混凝土一样结实的悬崖下，有灌木丛、小径、小松树、带刺或不带刺的植物、已经长高的草丛和一些花儿。而在悬崖之上俯瞰这一切的，是森林中的高大松树。森林里到处都是鸟儿。

"小姐，"鲁日说，"你就不要动那个心思了……冬天就应该给它刷上焦油的。它呀，现在就像个漏勺。"

但她回答说：

"哦！那不碍事的。"

她笑了起来。他站在原地，一动不动，真的是呆若木鸡。她已经跳到船上，在灿烂的阳光下从船底溅起的水比她本人还要高。她解开了浮筒上的链子。

她显然知道如何操作。她抓住船桨，开始只用一只手划，让船头转向开阔的水面，然后突然将整个身子向后一仰，只见芦苇丛中的平滑水面在船尾处被划开，划出来的两道波浪线缓缓地消失在岸边。

他先是在原地呆呆地站了一会儿，然后开始奔跑，仿佛他需要用自己的全部身心去追随她，而不只是用眼睛。他在芦苇和水边奔跑，在越来越软、越来越无法承受他的身体重量的沙泥中奔跑。有一刻，他不得不停下来。就在那一刻，她突然调转船头，消失在突出来的悬崖后面。

他唯一能做的就是转身回到岸上。他转身回到了岸上。

他唯一能做的就是等着她回来，他不得不等了相当长一段时间。

现在她回来了，她变得心急火燎起来。

"天哪，"她一边穿鞋一边说，"我要挨骂了……"

"别担心，我送你回去。"

她走在鲁日前面，再次穿过芦苇丛。他们看到德古斯泰已经回来很久了。因为没找到他们，他就又开始干自己的活计了。

"你要到鱼了吗？"鲁日大声问。

"要到了，包裹在厨房里。"德古斯泰一边回答，一边继续用镘刀在砖块之间抹上一层砂浆，一块接一块地砌砖。

鲁日进去拿包裹，将它放进篮子里，然后拎着篮子出来了。他看见她已经走在回去的路上了。

"嘿，不用急成这样。你只用告诉米利凯，那些鲈鱼都是我刚打回来的……算了，还是什么都别跟他说，这事让我来处理。"

然后他说：

"他正好来了。"

米利凯正好在这个时候出现，他正要过来迎接他们俩，远远地挥着手跟他们打招呼。但鲁日对他说：

"你怎么了？你急什么……你错了……好啦，好啦，放松些，老兄。"

他不让米利凯有开口的机会。

"你看，我们及时赶到了，你应该感谢我们，因为你要的油炸鱼是我们刚刚打回来的。我们不会为别人做这种事的，所以你应该好好地招待一下我们，你说是不是？"

他们一直走到咖啡馆前面，米利凯还是没有机会开口，但米利凯太太刚看到他们回来，便摔门进去了。

在露天咖啡座等着的，还有那个萨瓦人。

第六章

几天之后……

咖啡馆的头几位客人是牲口贩子，其中有两个穿着长长的紫色工作衫的人点了几瓶葡萄酒。然后，三个人当中个子最高的那个，也就是留着一撮黑胡子、把平檐毡帽推到了脑后的那个人说：

"我喜欢这个！"

这名男子双手交叉着放在桌子上。这是在露天咖啡座，这里摆的是那些上了绿色油漆的桌子。男子干脆将两条胳膊搭在桌子上，他的衣袖很宽大，但手腕处的袖口却被一圈白丝线刺绣箍得紧紧的。

"我喜欢上酒的人的素质和他们所上的酒的质量一样高，服务员和服务的内容一样好。"

现在是下午三点钟。早上下过雨，一股淡淡的湿气伴随着薄薄的雾气从桌腿之间升起，桌脚则溅满了细泥，细泥干了之后就变白了。

"我喜欢这个,因为这很罕见。"

一个坐在说话者对面、脸色发黄的小个子点头表示赞同,他将手按在手杖的弯把上。三个人当中的第三个则透过湖边的围墙往外看。

"这很罕见,极其罕见……这个米利凯,他用的是什么招数?他是怎么把她搞到手的?……想不到他这么精……"

最近这段时间,三个牲口贩子一直驾着一辆轻便的松木马车到处揽生意,拉车的是一匹细腿小马,此刻这匹马被拴在咖啡馆前面。那个高个子又问:

"米利凯在哪儿?"

他费了好大劲才从双腿间抽出马鞭,用鞭子的手柄敲着桌子。

来的不是他们期待见到的那个人,也不是米利凯,而是一位新来的女仆。女仆做的是自己分内的工作,她分内的工作是随叫随到,但那个高个子说:

"你太小了……"

确实,她看上去好像不到十六岁。她的脚都被过长的围裙绊住了。

"你在这里干吗?今天没去上学吗?……听着,"那人对她说,"你要是能把老板喊过来,我就给你五毛钱……"

米利凯在厨房里，对朱丽叶特说："你可不能让顾客失望……你很清楚我这么做也是迫不得已……"这时，小女仆出现了。

"先生，有人叫你过去。"

米利凯走到那三个人面前。

"恭喜呀，"那个留着黑胡子的高个子说，"恭喜你，米利凯。这就是我所说的贴心服务。"

他面前放着一瓶波尔多产的葡萄酒，有封口和漂亮的彩色标签，标签上画着一个有圆塔的城堡，还印上了绿白色的盾形纹章、酒标和出产年份。

"哦！是的，"米利凯说，"这款酒和这个瓶子特别配……"

他站在桌子旁边，双臂下垂，头微微歪向一边，但看得出他很得意：

"唯一的遗憾是我没剩下多少了。"

"你肯定还有一瓶的。"

米利凯露出了他那难得的笑容，这一笑暴露了他那几颗坏掉了的牙齿：

"好吧！"他说，"对你们来说……"

"只是，"高个子说，"美酒配佳人。你这个老狐狸，你要跟我们老实交代，你是从哪里把她弄到手的？我们可是诚心来你这里消费的顾客，你却只派个小丫头出来，难道你想把另一个留给自己独享？……她是谁？你从哪里弄来的？你得告诉我们！"

米利凯突然变得严肃起来，他没有立即回答高个子的问话，看上去甚至不想回答（毕竟人都有尊严），但考虑到他们是重要客户，他不能过于惹他们不高兴。

"她是我侄女……"

"你侄女？"

"是的，我哥哥的女儿。"

他冷冷地说着这些，但带着一丝优越感。然后他把朱丽叶特来这里的经过从头到尾讲了一遍（想着自己还有这么一个故事可以讲，想着自己一个做弟弟的做了这么一件深明大义之事赢得的好口碑，他还是显得很得意）。

"啊！"蓄黑胡子的高个子说，"估计是她很有钱吧。你走狗屎运啦！她是从美洲来的，那个地方遍地都是美金！"

但米利凯摇了摇头，这个问题就要另当别论了。

那是在一个星期六，快下午三点钟的时候，露天咖啡座的客人还不多，因为大家通常都要更晚一些才到。在米利凯的头顶上方，一根比大腿还粗的树枝上刚好挂着一片还没有完全展开的、恰似鸭掌的叶芽。

这时，蓄黑胡子的男子举起拳头说：

"没关系。不管她是不是你侄女,我们想要的就是她……"

他将拳头重重地砸在桌子上说:

"为什么不可以?为什么就不可以呢?再来一瓶酒外加你侄女,不然我们就走人了……我们要付多少钱?"

他做了一个准备从口袋里掏钱包的动作。

她是非出来不可了。于是她出来了(或者说回来了)。她一来到露天咖啡座(米利凯已经不在那里了),高个子就对她说:

"小姐,我们车上还有一个空位,是专门留给你的……"

那个萨瓦人恰好从露天咖啡座路过,这是他第二次路过。他停下来,透过围墙向里看,他听了听,然后离开了。

"车上有四个座位,我们只有三个人,我们带你一起走。"

一直都是那个高个子在说话。

"我们会给你一个漂亮的房间,朝南的房间,有两扇窗户……两扇窗户和一个带镜子的衣柜……现在,为你的健康干杯。"

他一杯接一杯地喝着,问:

"你不和我们干杯吗,小姐?……"

但这时他的嘴巴已经不太利索了,就像一个人感到尴尬的时候一样。另外两个同伴不再说话。可以听到他们起身准备离开的声音。

高个子跟在后面，只听见他还在说：

"算了，下次吧。"

当那匹急着离开的小马的小蹄子在铺砌的路面上咯咯作响时，她呀，她跑向米利凯，递给他一把硬币和一张小额钞票，问他：

"现在，你满意了吗？"

接着她又问：

"钱都对了吧？"

说完，她就跑开了，她上楼进了自己的房间。不一会儿，那个萨瓦人驾到。

事情是这样的，那几个牲口贩子刚在街角消失，萨瓦人就出现或者说又出现了。因为大家都在围着美的东西转。这是在地球上，地球上的人对美的东西总也看不过瘾。地球上的人很贪心，地球上的人很饥渴。一看到美的东西，他们就想据为己有。萨瓦人又来了。他在露天咖啡座找了个位子坐下，点了半升酒。喝完半升酒后，他去商店买香烟。他拿着一包香烟回来，放在面前的桌子上，这样他就可以随手取用。他用嘴里的那支烟把新的那一支点燃。

这一回，他没有喝酒。米利凯惦记着自己的进账，

开始不动声色地围绕着他转。这时萨瓦人叫住他,对他说:

"我渴了。你侄女在哪里?……是的,你侄女……朱丽叶特小姐。叫她过来,我要跟她点喝的……"

米利凯朝他背过身去。

美的东西在人群中哪里能找到立足之地呢?又如何能找到立足之地呢?

萨瓦人穿的是过节时才穿的漂亮衣服。他戴着格子帽,领子、领带、夹克、背心一应俱全,还系了一条红色皮带(与他的领带一样红)。他见小女仆经过,便喊住了她。

他从背心口袋里掏出钱,将满满的一把硬币拿给她看。

"去帮我把她叫过来。如果她来了,这些钱就是你的……"

"你以为你这么做她就会过来吗?"

她在拿他寻开心。

"先把你的钱收起来,"她说,"因为我觉得她不会下来……反正,如果她乐意的话,没钱也能把她叫来。但如果她不乐意……"

萨瓦人走了,然后在晚上七八点钟的样子又回来了。

悬铃木树枝之间架着板条,板条上安了几盏电灯。

在美丽的夏夜，天气凉爽时，客人们喜欢待在露天咖啡座，米利凯所要做的就是切换开关（唯一恼人的是小飞虫、夜蛾和尺蛾，还有蚊子，但这些虫子通常要到这个季节的晚些时候才会变得讨人嫌）。那天晚上，露天咖啡座来了很多人，包括骑兵亚历克西和他的一些朋友。他们仿佛置身于一个深蓝色的玻璃盒子里，仿佛置身于玻璃板后面，被湖水和天空的柔和光芒照耀着。

突然间，仿佛那只盒子的玻璃壁爆炸了。原本的蓝色玻璃板变成了不透明的夜幕，笼罩在你周围，遮住了湖泊、天空和山脉，仿佛大家此刻置身于一所房子里面。电灯刚刚亮起。人们仿佛到了一个灯光下的房间里，再也不知道外面发生了什么事——除非有一波小浪伴随着"吭嗨"般的叹息声涌过来。"吭嗨"，就像劈木头或者面包师傅揉面时发出的声音，就像斧头落在铁楔上或者双手抓起面团举过头顶时发出的声响。

这个小小的方形世界里有桌子，有三面夜幕墙。由于视角的变化，这个由三面墙、五六张桌子，还有围坐在桌子周围的人组成的小世界似乎变成了一个巨无霸，米利凯在那里来回走动，小女仆玛格丽特也在那里来回走动，然后可以看到米利凯在和她说话。

可以看到各种颜色。可以清楚地看到人们的手，肩膀，头顶上的毡帽、阜帽、鸭舌帽。大约有十二到十五个人。可以看到萨瓦人不在那里，但他又回来了。

这是在老板米利凯和玛格丽特说话后不久。现在玛格丽特不在了，所以米利凯有很多事要做，他不停地在咖啡馆大堂和露天咖啡座之间来回穿梭。玛格丽特飞快地爬了两层楼（当时可以听到米利凯太太那间卧室的房门打开的声音）……

玛格丽特敲了敲门。

"老板让我来叫你下楼。"

"不下。"

"还有那个萨瓦人也问起你。我告诉他说你不想下去……"

小玛格丽特又敲了敲门，轻声说了句"小姐，是我"，然后就进去了。只见大皮箱已经打开了，更远一点的窗扇后面，木制护窗板紧闭着。刚开始时，穿着黑白点点连衣裙的玛格丽特站在门口，然后，她突然说：

"哦！小姐……"

她接着说：

"楼下有一堆人在等着你……"

她指着护窗板。的确可以听到窗外传来的像是石头相互磕碰的声音。可以听到声音洪亮的笑声，听到有人叫米利凯，听到有人用拳头捶桌子。

"我担心老板会上来，"她继续说，"因为他说如果你不下去，他就会上来……"

然后她又忘记自己该说的话。

"哦！真漂亮！这是什么？"

她指着从那只皮箱里拿出来、散落在床上皮箱周围的东西问：

"这些都是你们那里的东西吗？"

但有人在楼梯上喊她。她赶忙说：

"我会再上来的，小姐……我会上来告诉你发生了什么事……"

她飞也似的奔下楼。米利凯太太的房门又关上了。

与此同时，在楼下的露天咖啡座，所有的人都仰头朝二楼张望。他们透过悬铃木树枝之间的空隙，从露天咖啡座，望着那两扇接近屋顶、紧紧挨在一起的窗户。大家仰头朝楼上望，因为都知道她在那里（至少有一些人是知道的），但大家看到的是关着的护窗板。玛格丽特刚刚下楼。米利凯正要去找她，却被妻子叫住了。玛格丽特还在竖起耳朵听，她能听到楼梯上的吵架声。但楼上依然没有丝毫动静。玛格丽特回到露天咖啡座，看到萨瓦人坐在角落里，帽檐下那一对闪闪发亮的眼睛转向了她。萨瓦人向她示意自己没喝的了，然后一言不发，肘子支在桌子上，双手托着下巴。那时可能已经十点钟了。

她问他："你想喝点什么？"但他一句话也没有回答。

她就随便给他拿了三分升小陈酿。她跑回去时，胳膊被人抓住了。是米利凯，他脸色很难看。与此同时一楼有人在摔门。

"你快去招呼客人。招呼完了再上去叫她。你听好了，如果这一次她还不下来，你就告诉她说我要上去了……如果五分钟之内她还不下来的话。这一次再也不会像前几次那样了，她再不下来我就不客气了。"

他把她拉到一边，举起手指，凑到她的耳朵边说：

"她反锁门也没用，我也会把门砸开。我会让她当众出丑。"

玛格丽特又跑到了楼上。

她再次用指甲在门板上轻轻地叩着，发出像老鼠一样细小的声音。她问房里的人："小姐，我可以进来吗？"钥匙在锁孔里转动。

"小姐，小姐，他要来了！他说给你五分钟……"

她停止了说话。

"小姐，小姐，"她继续说，"相信我，你最好躺下，我会告诉他你生病了。也许他不敢……"

她再次停止了说话。

然后又说：

"哦！这太漂亮了！这是你的吗？这是从你的家乡带过来的吗？这是什么？是梳子吗？这些小红球是珊瑚吗？这梳子是用什么做的？啊！镀金的铜……"

她伸出手，但每次都把手缩了回去。然后，她就那样站着，手交叉放在过长的围裙上，眼睛放光，在死一般的寂静中，既像个小女孩，又像个老妇人。朱丽叶特一直背对着她，这会儿她一直站在镜子前面：

"哦！这对耳环真奇怪，你要戴上它们吗？……哦！戴上它们吧。"

房间里只有一面很旧的小镜子，镜子镶着金属镜框，镜框涂成了仿木色。除了天花板上的灯光之外，没有其他光源了。镜子位于两扇窗户之间。她不得不俯身越过梳妆台，不得不把脸贴在镜子上。不管怎样，她还是要装扮，她用手指轻抚唇瓣，用粉扑轻抚脸颊。

"在我们家乡，女人到了晚上都要把自己打扮得漂漂亮亮的。等一下你就会看到我们那边的女人是怎么穿戴的。一下子就好……"

但就在这时，手风琴响起来了。

尽管露天咖啡座上的喧闹声依旧，清晰的琴音仍然穿透了所有的空间。大家听到琴声在远处响起，然后迅速靠近。

"是他！是他！啊！我确信他会来。我不知道为什么会这么肯定，但我就是确信……"

她拿起粉扑在脸上轻轻拍打，对玛格丽特说："现在，把梳子给我。"同时，她举起双臂，哦！她完全变了一个人，都认不出来了。她将那一头披发束在脖子后面。

"你把那个披巾，那个大花披巾拿给我……"

"哦！小姐，你要下楼吗？"

"当然，因为有音乐。"

"你叔叔怎么办？"

朱丽叶特放声大笑。

手风琴就在窗户下面。

"因为我知道他会来，"朱丽叶特说道，"所以我得赶紧。你快点，玛格丽特，拜托……梳子……然后是披巾，就像在我家乡一样……"

这时，露天咖啡座上的声音一个接一个消失了。一切都安静了下来，风停了，就连波浪也静止了，只剩下那优美的舞曲兀自在空中回旋。舞曲自己也突然停止了，但只停了片刻，大家都屏住了呼吸。然后，那些浑厚的和弦又接连爆发，一个盖过一个……

但就在这时，一张桌子翻了，然后有人喊：

"拦住他！拦住他！……他疯了……"

手风琴声戛然而止。

在此之前，萨瓦人跟建筑工地的工友交代过。他说："我今天不上工了……告诉老板，不要指望我。"

他的工友们像往常的早上一样去了采石场。他则去喷泉那里洗漱，刮了胡子，然后换上了放在衣橱里的节日盛装，包括一件干净的衬衫、一个衣领、一条领带。那是在火车站附近的一所房子，他和他的工友们都住在那里。他在那里安安静静地穿着衣服。他有一套崭新的西装，一件收腰的夹克。他还试图给头发梳出一个分线，但他的头发太卷太乱了，所以他戴上了帽子，将帽檐拉到前面，把头发往前梳到额头上，让它们从帽檐那里露出来。

他抽着香烟，打开窗户，从窗口询问那个让他寄宿的女房东是否可以比平常早一点开饭。他吃完饭不久就出去了。他穿过大路，躺在离大路不远的一棵树下。汽车不停地驶过，引擎盖闪着火光，风挡玻璃将反光射到你身上，就像从卡宾枪枪筒里射出的火光一样。汽车咆哮，噼啪作响，发出长长的号叫，恰似看门狗感到无聊时发出的叫声。它们在柏油路上行驶，没有扬起丝毫的尘土。它们发出噼啪声，它们鸣笛、嘶吼，互相交错而过或互相超车，消失在树篱后面，然后又重新出现：十辆、十五辆、二十辆。因为他戴了手表，他开始数起车辆来。他朝两腿之间吐了一口痰，然后站起来，沿着大路往前走,走到了布尔多奈特河,那里离火车经过的高架桥不远。他开始沿河边的那条路往下走,这把他带到了采石场附近,他的工友们刚开始上工。他穿着漂亮的节日盛装,在下面看着他们干活,朝他们挥手打招呼,而他们在上面,在筛子后面的台阶上,穿着无袖的背心或光着上半身:他和他们可是有着天壤之别的。"上面的人,你们好!"他们发现他了:这个拉维内,他穿成这样子,是要去哪里呀?"哦!"有人说,"他有点疯。有时候最好不要太理会他,否则可能不好收场。"于是,他们挥起双臂,或者重新开始将铁锹的尖头贴着地面插入小石块和沙子中间,拉维内则重新上路了,沿着布尔多奈特河往下走,看到穿着橡胶靴站在桤木树下的渔夫博罗梅。博罗梅正沿着布尔多奈特河往上走。两人擦肩而过,没说一句话。接着来到了河岸收窄的地方,那里的水更深,水量更加集中,形成一小级一小级的瀑布,鳟鱼在那里只需甩一下尾巴就能游上去。这就是博罗梅更喜欢在上游钓鱼的原因,他穿着橡胶高筒靴,身后背着一个扁鱼篓,鱼篓的背带是皮质的。"我嘛,我对钓鱼毫无兴趣。这些钓鱼的人真让人讨厌。"拉维内抽着香烟,双手插在口袋里。河水顺势往前流淌,发出擂鼓一样的声音。然后,再往前走一点,水流就变得非常平稳了,水面也变宽了:那里开始出现芦苇,在淤塞的河床中央有几块小砾石沙洲。到这里后，拉维内开始向右拐。

巧得很，木匠佩兰刚刚拉了一车横梁到了鲁日家门口。拉维内走上前去。他放慢了脚步，越放越慢，好像觉得难以置信。他看到鲁日给自己盖的那间新房子，给原来的房子加盖的房子。"啊！他在建房子，"他自言自语道，"可那个家伙，他为什么要建房子呢？"他所说的"那个家伙"指的是鲁日。只见鲁日正在用一把小卷尺量着已卸下的木材，同时在他的笔记本上查看着。他没注意到萨瓦人，不过踩在卵石上的脚步声让他抬起了头。

萨瓦人停下来，嘴角叼着香烟。

他问鲁日：

"你在建房子吗？"

"我觉得，这是明摆着的。"鲁日说。

"是给你自己建的吗？"

萨瓦人开始发出古怪的冷笑。鲁日惊讶无比，刚开始时竟一句话也答不上来。反应过来之后，他呛了萨瓦人几句：

"喂，你说的什么话！这跟你有什么关系？……你还是管好你自己吧……"

不过拉维内吐了一口痰后就又转身走了，只留下一个背影。然后，他继续沿着湖岸走，走着走着就走到了米利凯的咖啡馆前，就像是偶然走到那里的，然后他想进去，但他看到围墙后面的露天咖啡座有三个牲口贩子。

他去村里兜了一圈，不一会儿又回来了。

这一次，他还是没有进去。美的东西被如此追逐，它在我们中间哪里能找到立足之地呢？但他最终还是进去了，大家都记得，他在露天咖啡座坐下，点了半升酒，米利凯给他上的。

他喝掉了那半升酒。

他去商店买了香烟，回来时手里拿着那包烟，将它放在他面前的桌子上。然后，他问米利凯：

"你侄女在哪里？"

米利凯朝他背过身去，于是他说："啊！就这样对我呀！"

然后，他对那个小女仆说："去把她给我叫过来！"但是小女仆笑了起来。"啊！就这样对我呀！……"说罢，他换到火车站旁边的那家咖啡馆喝酒去了。

窗户下面传来对话声：

"我呀，我看见他亮出了刀子。我已经盯了他好一段时间了……但我们能拿他怎么办？不知道拿他怎么办，因为每个人总有用刀子的时候，比方说处理一截太长的指甲，一个疣子，一根鞋带……"

"那当然。"

"而且，有一点一定要注意，他并不是跟那个人过不去，而是跟那个乐器过不去。萨瓦人没有碰他……"

"哦！这个……"

"不，我告诉你，萨瓦人没有碰他。"

"因为别人拦着没让他碰。幸亏亚历克西在那里……"

她在楼上的房间里听着。露天咖啡座只剩下这些说话声。

她又竖起耳朵听。房子里面也有一个声音，是另外一个声音，总是那个声音，枯燥乏味、没有口音、源源不断、无穷无尽，像打开的水龙头一样。

"那么，你现在满意了吧，啊！你立大功了。啊！你可以沾沾自喜了。你这个蠢货！你现在终于如愿以偿了！现在他们跑到你家里来杀人了，你会美名远扬的……啊！你跟我说'今天挣了一百法郎'，然后又跟我说'今天挣了一百二十法郎'的时候，是多么洋洋得意啊！啊！蠢货，再这样下去，明天就要喝西北风，后天也是喝西北风……那双破鞋，那个婊子，都不知道是哪路货色，我都说不出口……"

必须躲开这个声音，跑到楼梯上。但不管跑到哪里，声音都会跟到哪里。

她仍然站在窗户后面听。

"……哦！没什么好担心的，"露天咖啡座那里有个声音说,"大个子亚历克西在看着他。他们有三四个人在盯着他。他再也不会轻举妄动了。"

这时,一扇门关上了,米利凯太太的声音不见了。朱丽叶特发现没人再关注自己。小玛格丽特在萨瓦人开始闹事时就下楼了,把她一个人留在了那里。没人会看见她出门,即使很倒霉被人拦住了,她也会挣脱,她无论如何都要溜出去。

实际上,她已经溜到外面了。

她一溜烟似的穿过小巷,就像上次那样。她爬上了露台的围墙。至于他,看到她进去时,他只是抬了一下头。他坐在工作台前,腿上放着那架手风琴。

只见风箱被刀刺穿了,裂口从一个折页延伸到另一个折页。他小心翼翼地,像外科医生一样,用手指拂过伤口的边缘,将两边拢到一起。

他摇了摇头。他都没有看见她走进去吗?

看来他还是看到她了,因为他说:

"这里没有我的立足之地……"

他随即又说:

"也没有你的……"

她想说点什么。她朝他走过去,但他示意她不要出声,就像房间里有个病重的人一样。

"我嘛，"鲁日说，"那天晚上（确切地说是那天夜里，因为应该已经过了午夜），我早就上床睡觉了，突然我听到外面有脚步声。一开始我以为是那些情侣，因为当他们在森林里散步散晚了时，他们不会对我讲太多的客气话。我那天没有去米利凯家，因为佩兰给我送来了木料，因为是六月，所以我和德古斯泰可以干到晚上十点钟左右，可以一起把屋架安装好。然后我们不得不用木板堵住我们在厨房墙上开凿的门洞……我刚才说到哪里了？哦，对了，我上床睡觉了。我听见一阵脚步声，然后又是一阵脚步声，似乎有两种不同的脚步声，我由此推断他们是两个人。这时突然有人敲门。我问：'谁啊？'开始时没人应。我不慌不忙地起床，穿好裤子，走进厨房，因为外面的人只能从厨房那里进屋。就在我走进厨房里时，我听到门外有人问：

"'鲁日先生，是你吗？'

"'当然是我啦。'

"'哦！鲁日先生，你能把门打开吗？'

"我好像认出了那个声音。外面有月光，我看到确实是莫里斯·布塞，小莫里斯·布塞，你们知道的，他是镇长的儿子。我看到他手里拎着一个大皮箱，在他身后站着一个人，那人好像想把自己藏起来似的。但是，能藏得住吗？而且她那块披巾在闪闪发光，那是一条丝绸披巾，你明白的，披巾在她的肩膀上闪闪发亮。我问他们俩：'你们在这儿干什么？……''哦！鲁日先生，'莫里斯对我说，'我们能进去吗？我会跟你解释的……'我说：'等一下，我去点灯。'我说：'等一下，我去把门锁上。'然后小莫里斯把所发生的一切都跟我说了。他问我她能不能在我家过夜，然后在我家住几天。我该怎么办呢？我说：'当然可以，只是你看……太遗憾了，小姐，你来得太早了，提早了两三天……'厨房角落里堆着一堆石膏碎片，我们在墙上开的门洞堵得不严实。'真遗憾！'

"女孩一直不说话。过了几天之后，我才了解到事情的前后经过，萨瓦人制造的事端，手风琴的遭遇，以及在她身上发生的那一切……你们非常清楚，她很担心那个驼背男子……当时她在驼背男子那里。是米利凯太太干的。朱丽叶特后来告诉我，她清楚地听到十一点的钟声（她知道那是咖啡馆规定的打烊时间），但当她回到咖啡馆时，只看到了自己的行李箱。米利凯太太把行李箱丢在门口，里面装着她所有的东西。她绕着房子转了一圈，绕也是白绕，所有的灯都熄灭了。她当然没大喊大叫，你们想都想得到……她跟我说她当即就想到了我。唯一难搞的是那个箱子，因为它很重。这时莫里斯·布塞出现了。他怎么会在那里，这是另一个问题，反正他在那里……我对朱丽叶特说:'你就待在这里吧。别担心,你就把这里当成你自己的家。既然他们把你赶出来了……哦!我跟你们讲,幸好我有两张床垫。我去睡厨房那张旧床垫就行了……'"

第七章

第二天早晨，德古斯泰看见鲁日走过去迎接他，这种事他们共事十年来从未发生过。

德古斯泰住在村里。十年来，他每天清晨到这里的时候都会看到鲁日正在煮咖啡，两人一边喝咖啡一边吃点东西，然后就出发去捕鱼。

他们坐到船上，水面像洗衣水一样。他们经常要把两只手举到眼前才能看见彼此。他们经常看不见对方，甚至看不见标记渔网位置的浮标上的灯光。他们有时向西行，有时向大山那边，那是太阳升起的地方，耶路撒冷就在那个方向。在雾中，或灰色然后变成黄色然后变成粉红色的空气中，在春天、夏天、秋天、冬天，十年来，每人都划着一双桨。每天早晨，当德古斯泰来到他家时，总会看到鲁日站在煤油炉前。对没有女性成员的家庭来说，这种炉子用起来非常便利，因为它一点就着，只需转动一下阀门就能将火关掉。

那天早上，德古斯泰看见鲁日走过去迎接他，还远远地示意他停下。

德古斯泰一开始以为发生了什么意外，但很快就发现自己猜错了。

鲁日显得有些局促，正在寻找合适的字眼。德古斯泰呢，他任由鲁日在那里慢慢找话，但那种话并不是一下了就能找到的，也不是那么轻而易举就能找到的。现在，两人手插在口袋里，并肩走着，走在沙滩上。鲁日走得并不快，他的脚步越来越慢。最后，他干脆停了下来。

"听着，德古斯泰，我想告诉你……我们今天早上不能去捕鱼了。我们不能……我们不能把她一个人丢下……"

他完全停下了脚步，德古斯泰也停了下来，就在沙滩的边缘，沙滩在那里结束，后面是一片硬沙地，人走上去不会留下任何脚印。虽然他们俩离房子还有足足一百米的距离，他仍然把声音压得很低。

"是米利凯的侄女朱丽叶特。她昨晚过来的。"

"啊！"

"是的，是米利凯的妻子把她赶出来的。往后她就住在这里了。"

"啊！"

沉默。

接着又是一段长时间的沉默，之后鲁日又开始说话（他显得越来越局促和犹豫）：

"喂，德古斯泰，面包店是不是已经开门了？你可以试着从后门走进去看看……因为我们需要新鲜的面包……"

"好的。"

"还有，如果你能顺路去乳品店，可以买半磅黄油回来……我们没黄油了……"

"好的。"

"你去买东西的时候，我去煮咖啡。"

"只是买一些面包和黄油，对吗？"德古斯泰问。

"对，面包和黄油。"

鲁日的整个脸上突然露出了喜色。德古斯泰问：

"面包和黄油，不要别的，对吗？"

"对，只要面包和黄油……"

然后，他又想起来了：

"等等，我忘了拿钱给你……"

他打开钱包，尽管他背对着太阳，而且太阳还没有从大山后面升起（它首先必须手脚并用，在碎石堆中往上爬很长时间），他那张宽大的红脸仍然洋溢着喜悦。

德古斯泰已经走了。他穿着衬衣，全丝光亮塔夫绸做的衬衣背部和袖子开始闪光了。他身体前倾，拖着两只过长的胳膊和一双瘦长的腿。鲁日呢，鲁日在踮着脚尖往回走。他穿着拖鞋也不管用，因为他太重了，地上的卵石还是被他踩得咯吱咯吱响。因此，他得先让另一只脚找到合适的落脚点，找到了之后才开始迈步。他走进厨房，竖起耳朵听，但什么声音都听不到。

他拿不定主意："我是现在就煮咖啡，还是等她起床之后再煮？……"他算了一下，很纠结："德古斯泰二十分钟顶多半小时之后就会回来，我是现在煮还是等他回来再煮呢？……"

他不敢坐下来，担心把椅子从桌子底下拖出来时会弄出响声。他划了一根火柴准备点煤油炉，但还没点着就把火柴掐灭了。

他又走到了外面。

他走到外面是为了看看德古斯泰是否已经出现在视野中，尽管德古斯泰这个时候完全没有赶回来的可能。他径直走到水边，头转向村庄的方向。

波波小浪涌过来匍匐在他的脚边，那副模样就像狗认出了主人。

他朝德古斯泰应该回来的方向望去，但没敢看那唯一的没有护窗板的窗户，每天晚上，他都会用一个环和一个钉在墙上的钉子在那扇窗户上拉上一块粗布做的帘子。

他背对着窗户,静静地站着,小浪向前伸出爪子,涌到他两脚中间,白色的爪子在沙滩上张开。他身材矮胖,身上穿着深蓝色的紧身衣和裤子,身体的一侧被阳光染成了金黄色。他时不时地朝村庄的方向望去。这时他的脖子和帽子下的头发在阳光下变成了另一种颜色,而这么长时间他甚至没想到要点烟。在他的头顶上,天空又一次被分成了两半,一边天空寂静,另一边天空却喧闹不已:那是往东边的方向,是在悬崖之上,因为鸟儿从来不想安静,那些燕雀、山雀、金翅雀、林莺、乌鸫,那天早上它们叫得比以往任何时候都欢,尽管夏天已经快要过完了。鲁日纳闷:"它们这是怎么了?"他很生气。我们这些人,它们是打扰不到的,因为我们和它们起得一样早,而且干我们这一行的,经常比它们起得还要早,但他担心的事情是:"她会被吵醒的。"他很想让它们安静下来。鲁日同时被鸟儿制造出的噪声和亮光冲击着,而且那亮光跟噪声来自同一个方向,似乎可以感知到受冲击后的空气在头顶周围轻微颤动,就像锅炉加热时或者有人摇晃一堆盘子时那样。然后突然间,只剩下乌鸫在独自鸣叫了。

就在乌鸫鸣叫的时候,她出现了。他转过身:

"怎么?……是你,小姐……"

他停下来。她莞尔一笑。她是在笑谁或者在笑什么东西吗？他半转过身，他只是将他的脑袋，连同他那粗壮的上半身和垂在身边的过短的手臂转向她。

然后他想说点什么，但发现自己不知道该说什么。他看着她，这是他唯一能做的。他看着她的头发，她的头发亮得像匕首的利刃一样。他看着她的脖子、她的眼睛、她的脸颊，仿佛永远也看不完，因为还有嘴巴、额头……他费了老大劲才终于挤出一句话来：

"你……你睡得好吗？……"

但他发现她已经不再听他说话了。他朝她所在的方向迈出了两三步。她似乎压根儿就没有注意到他在那里。她直直地站着，望向东方，那里有巍峨的山脉。在两座山峰之间有一个半圆形缺口，宛如鸟巢，太阳刚刚在那里露出脸儿，看上去就像在拍打着翅膀。许多粉红色的羽绒一样的东西，许多细小的粉红色云朵开始在它的上方升起，就像一只公鸡昂首挺胸地站着，张开闪闪发光的翅膀，然后又将它们收回到身子的两旁，于是各种细小的羽毛漫天飞舞，数不清的粉红色羽毛缓缓飘向空中。阳光照在最后那几片还没融化的雪地上，仿佛照在孩子们用手指抚平的锡纸上一样。

她没有看见鲁日走过来。有人在跟她说话，她没有听见：

"小姐，对不起……我得去准备早餐了……"

但她没有听见他说话，因为悬崖上面的鸟鸣声一直不肯消停。所有的鸟儿一起鸣叫，之后是乌鸫独自在叫。然后，一波比别的浪更高的浪潮涌起，进一步往岸边推进。鲁日走进厨房。可以听到平底锅的声音，他刚把罐子里装的牛奶倒进锅里。她回头看了一眼，然后再次望向湖面。第二波大浪生成，第二个波浪继续向她涌来，然后像猫一样俯伏在自己的前爪上。现在，鲁日正拿着棕色奶罐的把手，将平底锅里的牛奶倒入奶罐，奶罐上印着一束花。现在是早晨，她鼓起胸膛，缓缓地呼吸，因为空气非常新鲜，就像清水一样。就在这时，德古斯泰回来了。

鲁日刚刚用火柴点燃了奶罐下面的煤油炉。

现在是德古斯泰走过来，一边走一边默默地看着朱丽叶特。他一边胳膊下夹着大面包，另一只手就像拿书一样拿着用白纸包着的半磅黄油。

"啊！你回来了……你得快点。先拿杯子……"

鲁日忘了她可能会听见。

"啊！我的天，我们没有桌布！"

"当然没有。"

"我们得买一块……你去找个干净的盘子装黄油。"

那天，他去找了佩兰，请他帮忙安装屋顶。然后他去了瓦厂订购瓦片。最后，他去了米利凯的咖啡馆，那是他的第三站，他想尽快解决朱丽叶特的问题，这件事可能并不那么好办。

因为，这个世界上的人真的懂得如何善待那些出现在他们生命中的美的东西吗？

那天早上，当德古斯泰到达奶站时，正是农场工人们从独脚凳上起身的时候——他们挤奶时用皮带将凳子绑在身上，然后解开皮带，背起沉重的马口铁奶桶。看到德古斯泰走进去时，他们笑得很开心，围着秤站着，手上拿着账本。

"这么说，是你做女仆了，德古斯泰？"

房间里散发出阵阵酸味，熏得你直流眼泪。你在里面走，红色或黄色的铜制器具会将从门口照进来的阳光一道接一道反射到你的脸上。很明显，他们都知道发生了什么事，所以他们都很开心。德古斯泰没有搭腔。

他要半磅黄油，没别的了。只是，老板故意拖延时间，没有马卜夫给他拿东西。德古斯泰硬着头皮听他们你一句我一句地拿他开玩笑，在年轻人的香烟冒出的烟雾或老年人的烟斗冒出的烟雾中等了好一会儿。

"你的老板不像看上去那么傻嘛。"

"当然不像。"

"那么，现在你要负责跑腿了吗？"

德古斯泰还是没跟他们搭腔，这件事显然不会像人们想的那么简单。

鲁日来到咖啡馆大堂时，大约是下午三点钟。大堂空无一人。墙上挂着招贴画，有的画着酿酒工，有的画着酒桶和金银奖牌（铜牌很少展示）；它们躺在墙纸上面的画框里或者悬挂在从黄铜扣眼里穿过的绳子上，显得百无聊赖。

出来接待鲁日的是小女仆。她一见到鲁日就问：

"哦！他们说的是真的吗？她真的在你家吗？太好了！"

鲁日不太喜欢这种问题，他坐在他平常坐的位置上，不想回答这个问题。但她接着说：

"另外请一定要转告她，昨晚我没能帮上她的忙，我是很想帮她的。我真的很想下去，但没有办法。"

"米利凯在吗？"

"就算我想从窗户那里叫她，她也不可能听到……"

鲁日又问："米利凯呢？"

"哦！他刚回来……哦！你看到了没有？她的行李箱里装了很多漂亮的东西……"

"他刚从哪里回来？"

"他去找医生给他妻子看病。"

"她哪里不舒服？"

"我不知道。我觉得可能是心脏出了问题……"

"你能去告诉他说我来了吗?"

但他话音刚落,米利凯就到了。

他站在门口,背着双手,脸色很难看,然后示意玛格丽特到一边去。

"哦,你胆子还真不小,你!"

"胆子?"

"如果这里发生什么不幸的事,你记住我跟你说过的话,我再重复一遍:'这都是你的错……'是的,是你的错。是谁让这个死丫头来的?是谁对我说'兄弟嘛,终归是兄弟'?我三十年没见过的兄弟!那算什么兄弟啊?哦!我的天,她,一个侄女!……但你非要我这么做,是的,是你,是你想这么做!鲁日,你听清楚了,现在我可怜的妻子病倒了……"

"好了!好了!"鲁日说。

他坐在桌子的另一边,说话语气平和,直言不讳:

"我都认不出你了。你变了……我来就是为了跟你谈这件事的。因为你知道,她现在在我家,她会一直待在我家里……"

"哦!留着她吧!"米利凯说。

他先是这么回答的,然后又说:

"昨晚我损失了十到十二法郎,还不算可能惹上的法律上的麻烦。哦！如果你愿意，就留着她吧。反正她给我带来的那种顾客……"

他开始发火了。

但与此同时，他环顾四周，当他发现大堂里面没有人，发现那里死一般寂静时，他突然换了一副语气，变得更加……

"我吧，这事跟我无关，不是吗？是我妻子把那丫头赶出去的。对我来说，就好像她是自己跑掉了一样……"

他又说：

"因为我是她的法定监护人，她明年才成年……"

"好了，好了，米利凯。"

因为鲁日开始感到害怕了。

"你刚才还说你很高兴摆脱了她，你说的话自相矛盾。但你听着，我们可以私下达成一个协议。我六十二岁了，到了可以做她爷爷的年纪。我可以留下她，但你，作为她的监护人，你得同意把她安置在我那里，你愿意吗？你给我写个字据。"

但对方什么也不想听。

"我们以后再看吧，"他说，"现在我有其他事要做……是我那可怜的妻子。她的心脏出了问题。至于那个臭丫头，如果需要的话，我们可以把她送进收容所……"

"你疯了，"鲁日说，"……听着……当然了，我会给她发工钱。既然她是未成年人，工钱由你负责代收。你想要多少？三十法郎，四十法郎？"

"我什么也不要。"米利凯回答说。

事情又一次发生了逆转，因为米利凯说了一通这样的话："而且，她的证件都在我手里。没有我，她什么也做不了……而且你觉得我会向你这样的老客户要钱吗？那像什么话？我暂时把她寄养在你那里。话我只能说到这个份上了。"

咖啡馆大堂只有他们两个人，这意味着一旦对方矢口否认自己说过的话，鲁日是找不到证人出来给自己做证的。他没有证人，也没有字据，在谈话结束后他不得不认清这个事实。"但我，我在这里，"他自言自语道，"我还长着一张嘴……"

为了安慰自己，他放心地想："无论是米利凯还是当局，只要没人横加干涉就没事。至于米利凯，我会监视他的一举一动……当局那边，他们又不是不了解他家的底细。"

此刻，走在回家的路上，鲁日完全放心了。他急切地想回到家里。

卵石在脚底下变得滚烫滚烫的。

他看见佩兰正在新房子的墙脚边，将新鲜黄油色的橡子递给德古斯泰，德古斯泰则站在已经架好的房梁中间。房子前面散落着瓷器碎片和玻璃碴，上面亮着像点燃的蜡烛一样的小火苗。水边的沙子被水浸湿后换了一种颜色，然后又换了一种颜色。

鲁日一边走一边四处张望，似乎在寻找某个东西，但那个东西不在视线之内，于是他加快了脚步。他远远地朝德古斯泰喊：

"那……那……那个朱丽叶特小姐呢？"

德古斯泰叉开双腿站稳身体，在未完工的屋顶上回答说：

"哦！她早就走了！"

"你说什么？"

"是的，她划船走了。我给了她桨……"

事实上，他们每次用完两条船后，出于谨慎都会把桨收起来，防止那些大大咧咧的游人动心思把船划出去玩。

"她向我要桨，我觉得应该给她……"

只见鲁日从两人身边走过。太阳从正面照着悬崖。太阳在天空中转了半圈后，正在下沉，它像个灯笼一样，在西边天壁上很低的位置悬着，从那里照亮了海绵一样的砾石堆。砾石堆在那些有刺或没刺的灌木丛、低矮的橡树和干燥土地上长出的细绿叶高茎植物之间隆起，细绿叶高茎植物包括木樨草、肥皂草甚至还有马尾草。夕阳恰似一面巨大的反射镜悬挂在鲁日的头上,他急切地拨开芦苇丛,自言自语道:"她疯了!"他看到她果然选了两条船中更小、更旧的那一条(就像上次一样):那条外面漆成绿色、里面是黄色的名叫"艳女郎"的小船,"一条像漏勺一样漏水的船……"于是,他立刻将目光投向宽阔的湖面,然后只见他摘下帽子,拿着它在头顶上转着大圈挥动着……

她并没有立即看到鲁日。她正趴在船边向湖水深处张望。在那里,手臂一样长的鱼浮在静止的水中,只见它们张着嘴。有时,它们会稍微动一下,像在转轴上一样稍微转一下。然后可以看到它们张开嘴,一串漂亮的、仿佛黏在一起的气泡穿过水层,一层一层地上升,升向你,就像小贩放气球一样,只不过它们不是红色的——她心里这样想着,然后她的身子俯得更低了……

"小姐,朱丽叶特小姐!"

她看到一个脑袋,然后是芦苇上方的一顶帽子,接着是鲁日整个人向她这边走来。她只需要划一下桨。

她只用右桨划了一下,然后双肩和整个身体往后一倾,然后又重复一次,就被顺势带到她需要去的地方了。

鲁日站在岸边。他走到跳板上,向她伸出手想扶她下船(有两个跳板,用几根木桩和有缝隙的木板钉起来的)。他朝她伸出手,他垂下了眼睛。

然后一句话冲口而出：

"你没看到吗？再晚一点……"

"再晚一点怎么了？"她说，"好像我不会游泳似的！"

他拉着船的绳子，说：

"没关系。在我修好之前，你不要再划它了。我们马上就开始修。佩兰正好在这里，他会给我们搭把手。有三个人，这样就容易多了……"

他说话时背对着她，看起来很忙，忙着把船拉到自己身边。她呢，她把胳膊举到头发边，胳膊周围和脖子上似乎有泡沫般的光晕。她的短上衣太紧了，把扣子都绷开了……

他呀，他没看她。他把双手拢在嘴巴周围，拢成喇叭状：

"喂！那边的人……"

他越过芦苇高喊：

"喂！那边的人，德古斯泰……"

他们听见一个声音，德古斯泰做出回应：

"哎！"

"喂，快跟佩兰一起过来。"

他说：

"这两条船一点也不好操控，既然要修……"

那两个人过来了。他说：

"你们得帮我一把……"

他们有点惊讶，但三个人还是一起合力把船拉到了房子前面。

只见所有的工作都在同时进行。瓦片已经运到。他们把"艳女郎"翻过来，放在两个支架上，龙骨朝上。所有的工作都在同时进行，没过多久鲁日就说："'艳女郎'这个名字毫无意义，这个名字随处可见……"

他现在正在用刀子刮掉船上的旧漆，旧漆被刮掉后，露出了光秃秃的木头。他接着说："既然我们已经动工了，我们可以给它起个新的名字……朱丽叶特小姐，如果你同意的话，那就由你来主持这条船的下水典礼并给它命名……我们可以叫它朱丽叶特。你同意吗？……那么，就这么定了，我们用你的名字给它命名。这个名字很好听。"

所有的一切都在同时进行。一直都是在这同一个傍晚。奵天气带来的尘埃在天边到处飞扬，就像收割季节的傍晚一样，同样的棕色尘埃常在大路上和谷仓前飞荡。太阳红彤彤的，看起来像是用剪刀从纸板上剪下来的，轮廓非常清晰，也非常圆（它是浑圆的）。你可以盯着它看。

鲁日正在刮船。湖岸边燃起了一小堆火。

第八章

那个星期天上午，小艾米莉穿着自己最漂亮的裙子，大约在十一点钟的时候来到布塞家那栋粉红色的大房子前。一座露台往外伸到院子的一侧。底楼有一间仆人房间，然后是工具房，再过去一点是牲畜棚和谷仓。要上二楼，必须穿过露台，一条装了铁扶手的台阶通往露台，台阶笼罩在一棵未修剪过的大悬铃木的阴影下。以前，她通常会直接上楼，但那一天，她留在院子里，望着窗户。她站在前一天打扫得很干净的小石板路上，扫把在石板路周边的泥地上留下的痕迹还清晰可见。她望向窗户、谷仓和工具房，望向大圆门紧闭的谷仓，望向方形门的工具房，望向门边缀着稻草辫的牲畜棚。到处都没有人影。以前，她通常会立即上楼，肯定能在楼上找到某个人，因为很快就是午饭时间了，但今天她不敢这么做。她左手拿着一本黑色的《赞美诗集》，头上戴着那顶缀着蓝丝带的帽子，她只是在帽子下面抬起眼睛到处望，万一有人碰巧出来,万一有人或许已经注意到她了,他们就会过来的。

但没人过来,没有一个人过来。

不一会儿,她就离开了。她沿着街道往上走,街道渐渐变成了一条大路,路上遇见的一些人跟她打招呼,她也回应着,但没有去看他们。她低着头,眼睛被帽檐(幸好有帽檐)遮住。她沿着街道,走到村庄的尽头,到了那里,她又顺着来时的路往回走。

她穿着一袭漂亮的白色丝裙,上面点缀着一束束蓝花,领口是内衣布料做的。她左手拿着那本《赞美诗集》,手上戴着白色棉手套。她为了他把自己打扮得如此漂亮。她不到十七岁,他十八岁。她临睡前在盆子里用洋甘菊洗发水洗过那一头金发,她小心翼翼地用皮卷发纸将发绺卷起。到了早晨,太阳再次升起时,可以看到她的头发变成了美丽的蜂蜜色。可是,她所做的这一切全都是无用功,所有这些努力全都付之东流了。

还有你那双漂亮的榛子色露趾鞋,你那双白色丝袜,一切的一切。多希望自己貌美如花、娇艳欲滴!我拥有的或者说曾经拥有的这副美丽的面庞 —— 只要他想要,还可以跟过去一样美丽。

但他不想要,所以她顺着来时的路往回走。就在她快要到达家门口时,她看到三个好朋友在街上走,这条街通向湖边，街的另一头是米利凯的咖啡馆。她们手牵着手往这边走，她们远远地朝艾米莉招手。

"啊！幸好找到你了……你今天下午有什么安排？"

"我不知道。"

"那我们就指望着你了。玛蒂尔德邀请我们过去。她叫我们顺便过来接你，我们还以为你已经有别的计划……另外，你知道的，你可以带上莫里斯……"

她说：

"谢谢。我会考虑的。"

她们没有再多说什么。莫里斯……

她们已经走远了，在远处还回头朝她喊了一句："说定了，待会儿见……"她继续慢悠悠地走着，越走越慢，因为他可能会来。她再次经过他家的院子，稍微抬了抬头，但她没有停下来，她没有力气；她很想停下来，但她做不到。

然而，在大约两点钟的时候，她还是下定了决心。毕竟，他们差不多是正式订了婚的，不是吗？他们打小就认识，不知什么时候就从认识变成了别的。边界线只在地图和书本上才标注，在一个人的心中是看不见的。这事在不知不觉中就发生了，事后我们才知道，边界线被越过了。所以，她现在当然可以去他家，她甚至认为自己必须去，不去的话莫里斯的妈妈会大惊小怪的。

她在露台上找到了布塞太太。

"哎！艾米莉！"

布塞太太坐在那棵大悬铃木下的一张藤椅上看报纸，她摘下眼镜。

然后说：

"我可怜的艾米莉，你来得太晚了……莫里斯已经出去了……啊！你不知道……他告诉我，今天下午青年协会有个会，为了筹办一个晚会……你们没有约好见面吗？啊！那好吧，你坐一下……我一个人，你陪陪我。也许他回来的时间比预计的要早。"

但艾米莉没有坐下。

布塞太太重新戴上眼镜，继续看她的报纸，因为她早就把艾米莉当成自家人了。只是当她看到艾米莉还站着时，她才再次抬起眼睛，透过闪闪发光的眼镜片看着她说：

"你不想坐下吗？你怕和我在一起会无聊，是吗？……哦！这很自然，你还年轻。好吧，那你下午茶时间再来，也许那个时候他会回来……"

艾米莉没说什么。她走下台阶。她走着，但要去哪里呢？有他在的地方，她才存在；他不在的地方，所有的一切都荡然无存。

她还是试着去了米利凯咖啡馆，尽管她不太相信他会在那里。他确实不在那里。

露天咖啡座只有几个人坐在那里。在九柱戏球场，只有两三个上了年纪的人，也就他们了，他们抽着烟斗。

两三个手里拿着一截粉笔、抽着烟斗的老人，外加那块钉在树干上的黑板，除此之外周围什么都没有，到处都空空如也。九柱戏小木柱相互碰撞的声音有时就像人们放声大笑一样响亮，叫人听了心里难受。

此时此刻，莫里斯独自一人站在悬崖顶上，他悄悄地爬到了那个远离所有道路的地方。

鲁日的房子就坐落在他下面的沙滩上。此时此刻，那房子有三种颜色。新加盖的屋顶部分是浅红色的，旧的那部分屋顶露出那些被日晒雨淋成褐色的瓦片。还有那间用沥青纸板覆盖的工具房。

鲁日的房子屋顶有三种颜色，但墙壁，或至少眼睛能看到的部分，都是同样漂亮的草饲黄油的颜色（当奶牛用青草喂养时，黄油的颜色会变得更深）。

就是在这段日记里的某一天，鲁日当着朱丽叶特的面从柜子里拿出一个铁盒，对她说："我从来不把钱存在银行里……每次取钱总觉得像在打劫银行……我呀，我的钱，都放在家里……我告诉你这个，朱丽叶特小姐，是为了让你知道可以在哪里拿钱。你看，这多方便：不需要写存折，也不用卖股份……"

那是在房子重新粉刷之后的事。外部工程已经完工，他们开始进行内部装修。他拿出了那只铁盒子，对朱丽叶特说："幸好我们手头有这些钱……你看，你只要说一声……我觉得它们已经'睡'得太久了……你得告诉我，你的房间要什么样的墙纸，朱丽叶特小姐。还有家具……"

他说："就是有那么巧的事！……我当时正在扩建，我正在扩建，为什么当时要扩建？人老了需要的空间会更小……我当时正在翻新房子。我正在翻新房子，我那个时候……啊！就是有那么巧的事！看来你注定要来我们家……这是命中注定的……"

他接着说：

"但现在，这墙纸……"

"听着，我不知道说出来是不是太冒昧……"

"当然不冒昧。"

"嗯，我们家不用墙纸，我们都是把墙涂成白色的……"

"明白了！没什么比这更简单的了……甚至更干净、更快完工。那么，全都涂成白色吗？"

"全都涂成白色。"

于是，房间就被德古斯泰和他简单地刷上了石灰乳。

她也一起帮忙,她笑着,开心地玩着那些装满"奶油"的罐子和大刷子。地上铺了红色地砖。全部工程完工之后,她在地板上跳舞,她说:"这像极了我们家。"

"像你们家?现在这里就是你的家。"

但她说:

"就像我们家!就像我们家!"她一边唱,一边转向鲁日。屋子里弥漫着浓重的石膏和胶水味,但从窗户照进来的阳光很快就会把屋里的一切全都晒干。

鲁日看上去很开心,然后大家发现他在查看一张列车时刻表。那天晚上,德古斯泰正准备回家时,鲁日说:

"德古斯泰,我明天就指望你了。你一定要早点赶到这里。你就待在这儿。朱丽叶特小姐和你可以先把窗帘挂上。"

实际上,他已经在村里的裁缝那里定做了窗帘,但现在还剩下家具没有着落。德古斯泰刚走,他就说:

"所以,对于家具……"他说,"我本来想带你一起去,但……跟德古斯泰在一起没什么可担心的。我更希望你留在家里,只是你得稍微给我一点建议……"

"哦!随你……在我们家……"

"你们家的家具是什么样的?"

"哦!没有家具或者说几乎没有……"

"你想要白色的吗?"

"随你。"

"一张桌子,"鲁日说,"一两把椅子……我知道哪里有卖家具的……"

他在小本子上一样接一样记下所需的物品。

"另外,"他说,"我会给你头一面漂亮的大镜子,对女人来说,镜子比什么都重要……我明天一大早出发,下午早些时候就回来。你在家里等着我。我更希望你不要出门。我有点担心……但只要德古斯泰在这里……"

他接着说:

"现在就只剩下一个问题了。那个……是的,既然提到了那些闲置的钱,我们可以利用起来……"

他说:

"一些衣服……"

他又说:

"我的意思是,如果你衣服不够穿,裙子不够……"

但她笑了:

"哦!裙子!你还没见过我的裙子呢!它们都在我的行李箱里。我父亲星期天回城里时总说要把我打扮得漂漂亮亮的,他总是给我带礼物……那全是我家乡的裙子……"

她一直穿着那条丝绵小黑裙。他瞟了她一眼,不说话了。过了一会儿,他又开口说:

"那么，好吧……反正，如果我碰巧看到一些可能适合你的东西我就买下来，既然我要去采购……"

第二天早上，他搭火车离开。然后，第三天，全村的人都惊讶地看到一辆浅绿色的车身印着金色字母的送货车摇摇晃晃地在沙岸上行驶，所以大家都跟在送货车后面。

从很远的地方就能看见从车上卸下的各种物件。

"啊！"村里的人说，"他真阔气，这就是证据……"

"当然了！他干这一行干了多久呀？四十年了！而且他干得不赖，这一点毋庸置疑。而且，他从不大手大脚花钱……"

两个戴帽子的员工继续从车上卸下用灰纸包着的巨大包裹。

"那应该是一把椅子……"

"那个，可能是床架……"

"对，另外还有一个。"

"天哪！他给她买了张床……"

接着，那两个员工又把三四个捆绑好的纸箱从车上拖下来，然后车子轰鸣着，喷出一股浓浓的蓝烟，吃力地在沙滩上转着弯，后轮最终陷进了水里，水淹到了轮毂。

那是在星期五，星期五下午。她已经在鲁日家住了三个多星期了。星期六早上,她和他们一起去捕鱼。鲁日让她坐在船的后座上:"你会掌舵吗?因为如果你会的话,就能帮上大忙。"她会。清晨,他们三个人一起朝湖边走,朝那两个装在半个桶身上的信号灯发出的亮光进发,那亮光在曙光下几乎看不见,曙光让球形玻璃罩后的火光变得十分暗淡。他们捕鱼。他们捕了很多鱼。他们开始了三人世界的生活,她似乎在其中找到了自己的位置。然后,德古斯泰带着一箱箱鱼去了火车站。这时,鲁日走进了工具房,那里有一杆秤、好几对新旧船桨和好多堆放在角落里的鱼篓,还有像花环一样沿着墙壁挂在钉子上的渔网,有绿色的、蓝色的或蓝绿色的,因为它们在硫酸盐中浸泡过。

他走进工具房。他在身上系了一条粗麻布围裙,围裙前面有个大口袋。

他走出来,走到了工具房后面。

他走到晾晒渔网的杆子那里,那里悬挂着早上用过的渔网,渔网正在晾干,因为必须让它们晾干,不然就会发霉。她也跟了过去,看见他从围裙上的大口袋里掏出一个梭子走向那些网墙,面朝着它们,她则站在一边看他操作。这些渔网从工具房一直延伸到十几米远的地方,它们是透的,所以看起来就像是从地面升起的薄雾,也就是早晨有浓重的露水时在草地上看到的那种雾。鲁日猫着身子,头上戴着帽檐闪亮的海军蓝鸭舌帽,他抓起一把渔网,让它们从手指间滑过。必须马上修补那些洞眼,否则它们会越扯越大。洞眼可能是一条特别大的鱼挣扎时撑出来的,或是波浪打的,或是在收网时网绳被系缆钩钩断了。所以,每天早上都要检查,鲁日现在就在检查。只见他用粗大的手指夹着梭子,尖端朝上,快速地将它从网绳的交叉处穿过。这个戴着帽子、身形粗壮的老汉低着头,将梭子拉向自己,打了个结。他打了个结,从围裙口袋里拿出刀子将线头割断。

这是一门细活,需要巧手。捕鱼这份职业由两个部分组织,补网占一半,另一半却与补网大相径庭。他再次让渔网从手指间滑过,底部的铅块带着它们往下坠去。然后,他将这份活计推进到更远的地方,他的肚子和蓝色的围裙始终朝着那面透风的网墙。这时,他抬起头。她就在那里,看着他操作。她靠着土坡坐下,双手放在膝盖上。然后,他也从自己所在的位置看着她,对她说:

"你看,这是一门手艺。"

他继续说:

"你感兴趣吗?"

她站了起来。

"这很难吗?"

"哦!不难。"

"你能教我吗？"

她走了过来。他说：

"当然可以。你真的想学？"

他看着她：

"因为这的确是女人干的手工活。我们这些大老爷们没办法，不得不从头到尾全都做完，但捕鱼是一份需要男女共同分担的活计，由前半部分和后半部分组成，现在的工作是后半部分。我和德古斯泰既要做男人部分的活计，也得完成女人那部分的活计，因为这里没有女人，至少以前没有。但现在……"

他去给她拿了另一个梭子。

她在我们中间找到了自己的一席之地，自然而然地融入我们中间。我们找不到比这更适合她的位置了。

他拿着第二个梭子回来，然后他们俩一起弯腰对着渔网，一个是一头黑发，一个戴着鸭舌帽。

第二天他们会休息。鲁日对德占斯泰说：

"明天你八点钟来就可以了……"

他与德古斯泰一起把这一天做了安排：

"明天休息。星期天不再捕鱼了。得让她睡个懒觉，因为现在，一周里的其他日子她都会跟我们一起去湖里，已经连续六天了……你最早八点钟过来。八点，八点半……"

德古斯泰照他的吩咐做了。鲁日醒来时差不多到了八点钟。她还在睡觉。他穿着拖鞋，轻轻地走着。他走到大门口，微微打开门，发现天气很好。然后他看到德古斯泰正走过来，看到德古斯泰手里拿着什么东西，小心翼翼地走着，另一边的腋下夹着一条面包。

"你手里拿的什么？"

德古斯泰回答：

"是个惊喜。"

那是一大片甜菜叶子，还有一大片甜菜叶子盖在上面，看不见包在两片叶子中间的是什么东西，所以德古斯泰做了一个愉快的鬼脸。他的一只眼睛闪着明亮的光，看着鲁日，这让他的另一只眼睛看起来更加暗淡，更加没有生气。

鲁日按捺着好奇心问：

"这是给谁的？"

"啊！"

鲁日沉默了片晌，然后突然说：

"听着，我们得快点过去把桌子摆好……而且，"他又开始说，"既然是个惊喜，你可以把它放在她的盘子里。"

德古斯泰点了点头。果然，她来的时候，她坐的那个位置放着那两片甜菜叶。当她穿着小黑裙进来的时候，她问另外两个：

"这是给我的吗？是什么呀？"

鲁日回答说：

"老实说，我不知道……"

德古斯泰说：

"我也不知道。"

"我可以看看吗？"

她揭开上面的叶子，在另一片叶子那个发亮的、露出白茎和凹凸花纹的窝窝里，发现了当季的第一批草莓，第一批野草莓呢！

"是你摘的吗？"她问鲁日。

鲁日表示不是他。

"是你吗？"她问德古斯泰。

他也摇头表示不是。她耸了耸肩。

大门敞开着，美丽的星期天的景象尽收眼底，有划艇，还有蒸汽船。星期天，山区和山上或山后村庄的年轻人，男孩和女孩，都愿意下山。当美丽的湖水在他们家的葡萄架之间闪耀，在山下越过他们家的矮墙发出召唤时，他们愿意从山上下来，租用佩兰的小船，在水上游玩一两个小时。还有那些悬挂着红色、绿白相间或三色旗帜的大型白色蒸汽船，它们庞大的轮子拍打着水面，甚至在看见它们之前就能听到沉闷的拍击声，或者听到歌声。男孩和女孩唱着两拍或三拍的歌曲,两个声部,很难确定歌声从哪里来,因为水面传播声音,让声音扩散到了四面八方。鲁日家的门大开着,歌声随小波浪的反射光进入房间,反射光打在新粉刷的天花板上。房间被照亮两次,一次是从下面,一次是从上面。桌子上的咖啡壶也是光芒四射。有一刻,一艘能看清船名(名字是"罗讷河")的新蒸汽船不偏不倚地出现在门框的正中间,烟囱顶刚好碰到门梁。咖啡壶光芒四射,杯子上闪烁着多重光芒,而不只是一种。他们刚刚用完早餐。她用手指捡着那片美丽绿叶上的草莓。突然,鲁日站了起来。蒸汽船已经过去了。德古斯泰推开椅子,椅子在水泥地上发出刺耳的刮擦声。这是一个美好的星期天。可以看到鲁日出门,他双手插在口袋里,习惯性地朝湖边走去。德古斯泰嘛,他开始收拾桌子。她想帮忙,但他不让她插手,对她说:"不,小姐,这是我的工作。"

于是,她回到了自己的房间,那里的床、墙壁、天花板和地砖,所有的一切都闪耀着新的光芒。窗户上挂着白色的窗帘。房间里不仅有两种光线,而是交织着各种光线,因为墙上挂着大镜子。阳光在她的秀发上起舞,在她的肩膀上游移。她走到镜子前面,不得不闭上眼睛。她走到镜子前面,用手指卷着耳朵上方的一缕头发。如此美好的光景,为什么突然间就变了呢?……

她站在房间里的那段时间,鲁日在沙滩上来回走着。她听见他的脚步声。出什么事了?出什么事了?

她透过窗帘往外看,看到他似乎也不知道该怎么办。他双手插在口袋里,在沙滩上来回踱步。

出什么事了?她不知道。远处的一条小船上仍有人放歌。悬崖脚下的游泳者互相大声呼唤,笑声被水声淹没。她从屋里走出来,走到鲁日身边。这时,教堂的钟声响了。

越过松林,可以看见那座方形的钟楼,钟楼的尖顶有突出的镀锡铁皮脊线,铁皮已经生锈,尖顶上站着一只红色的风信鸡。她走到鲁日身边,鲁日把钟楼指给她看,然后又把周围的其他东西指给她看。鱼儿跳到与他的肩角、脸和水坡一般高的地方。这天是星期天,到处都洋溢着节日的气氛。教堂的钟声响起,人们在小船上、在水上欢歌。他从侧面看着她。厨房里传来洗碗的声音,德占斯泰正在那里收拾东西。两座钟的钟声又在空中荡漾,一个是短促而急迫的音调,另一个则是悠长低沉并且有间隔的撞击。

突然,鲁日对朱丽叶特说:

"你不觉得这钟声很美吗?因为今天是星期天。一切都变得如此美丽。"

他又说:

"只因为有你在这里。"

他不再说话。他们听着星期天的声音。他们又听到划艇上的歌声,悬崖下游泳者的欢叫、呼唤和笑声,最后还有乌鸫的鸣叫。他看着她。她呢,她也在看着她自己。她看见自己穿着小黑裙,穿着旧皮拖鞋。是因为这个吗?就因为这个吗?

"哦!"她说,"我那时不敢……上次,你记得,我被狠狠责骂了一顿。"

"现在,我想,再也不会有人责骂你了。"他说。

"因为这里的习俗不同,我们家乡的风俗跟这里不一样……"

"你们?"

"是的,我们那里。"

然后他说:

"正好。"

"哦!如果你愿意。"

她笑了,然后说:"那么,等我一下……"

很久之后她才出来,莫里斯在悬崖顶上(他藏在灌木丛下)并没有把她认出来,因为她走在阳光里,一大片金黄色的光芒整个儿笼罩着她,她在阳光中向前走去。

莫里斯没有马上就认出她。她必须一直走到水边,到那里之后,她转过身好像在跟什么人说话。

从莫里斯的那个角度看,鲁日的房子的正面有点斜,而且被墙角挡住了,使他无法看到她在跟谁说话。但他至少看到了她的正面,看到确实是她本人,而且她身上披着一条黄色的花披巾,披巾很大,一直拖到膝盖以下。

现在他可以看得一清二楚了,就像通过望远镜看到的一样。他看到她在那里,她挺直身体,然后笑着转过头,慢慢地往回走。然后,那个墙角逐渐挡住了我们的视线,倾斜的墙角把她从我们的视线中夺走了。

莫里斯在他的灌木丛下观察着这一切。就在这时,一个小木筏出现了。木筏上面有两个小孩,他们没法坐下,只能站着,踝骨以下都泡在水里。他们操纵着自制的橹,筏子也是他们自己做的,用一根横梁把两三块木板钉在一起,并将它们架在一前一后两个半边桶上。他们光着身子,皮肤晒得黑黝黝的,因为可以游泳的季节在很久之前就开始了。他们只穿了一条蓝白条纹的小短裤。

筏子刚刚在松林前面出现。可以听到两个小孩的吵嚷声:

"艾奈斯特,小心点,整个筏子都要被你弄翻了……"

"不是我,是你。"

"我告诉你,是你!"

他们俩依然在那条强光带后面，强光带从阳光下斜穿湖面，一直延伸到岸边，像极了我们这里的一条公路，上面有同样的坑洼，同样的凹凸，同样的结节（就像一块磨损的楼板上的那种结节）。现在，他们在那条强光带上变成了两个漆黑的影子，筏子也变成漆黑的了。

这是在星期天的下午。到处都有人在说话，到处都是歌声、说话声和笑声。莫里斯看到沙滩上有人在散步，他从灌木丛下还能看到那些划艇在湖面上来回穿梭，然后划到更远的地方。他听到孩子们的叫喊声，他寻找那条筏子，他的眼睛因为一直盯着那里而感到火辣辣地痛。有一刻，他的眼睛什么也看不见，眼前只有绛紫色、红色、粉色的圆圈，那些圆圈在他的眼前不断扩大，直到完全填满他眼眶里的那两个洞。而她呢，当她重新出现时，她最初在其中一个黄色圆圈中只是一个黄点，仿佛他的视觉一直在欺骗他，生成出来的她的模样是假的。但后来黄点开始动起来了，变得有生气了，并开始移动。在水面的波光中，朱丽叶特也变成了黑色……

"喂！那边，"鲁日大声喊道，"你们两个菜鸟！……你们必须同时划桨……"

鲁日过来了，他走到朱丽叶特身边。然后德古斯泰也过来了。与此同时，筏子又回到了美丽的蓝色水面上，两个小孩漆黑的身体又恢复了原本的颜色。

"艾奈斯特,你划右边……路易,你到左边去。再左点,路易,瞧啊……"

这时,她走到鲁日身边。可以看见她在跟鲁日说话,她一定是在问他一些事。可以看见她在跟他说话,然后她停下来,歪着头,接着像是在强调什么一样连连摇头。最后,鲁日总算答应了。她拍起手来。

莫里斯看见德古斯泰甩开大步朝他所在的这个方向走来,好像发现了他的藏身之处似的。但德古斯泰并没有抬头,而是低着头,脖子向前伸,走进了芦苇丛中。

莫里斯的视线在德古斯泰后面短暂地追随了一会儿,然后把目光拉回到沙滩上,发现她又不见了。

与此同时,德古斯泰正在解开以前叫"艳女郎"、现在不再叫那个名字的小船的船绳。船已经彻底翻新,外边漆成绿色,里面是赭黄色。德古斯泰把两条桨抓在手里。他先是在芦苇丛中的浑浊水面划行,然后向右转弯,迎接他的是清澈的湖水。他转向鲁日那边,他在鲁日前面靠岸,最后猛地一划,船头便吱吱作响地搁在了沙子上。德古斯泰跳上岸,等待着,鲁日也在等待。"朱丽叶特号"看上去也在等待,它浮在水面上轻轻地摇晃,肥大的屁股在平放的船桨下面不规则地上下摆动。与此同时,仍然可以看到许多闪着金光的小鱼,它们在水面上跳来跳去,就像在煎锅里一样。

就在这时,她重新出现了。山上变成了欢乐的海洋。她往前走,披着丝质披巾往前走。她往前走时,可以看到长长的流苏顺着她的腿往上滑,然后分开落在那两条圆润的大腿的两侧。她将美丽赤裸的双脚踩在鹅卵石上。突然,那块黄色的披巾离开了她的身体。就在这一刻,德古斯泰将"朱丽叶特号"推入水中;就在这一刻,群山光芒四射,鱼儿纷纷跃出水面。现在,她也开始光芒四射,她那对裸露的手臂光芒四射,她那副宽阔的肩膀光芒四射。可以听到筏子上的两个孩子的尖叫:她正在迎着他们直冲而去,她在跟他们闹着玩。她抓起船桨,将"朱丽叶特号"尖尖的船头对准他们;开始时他们还试图将筏子划到一边躲避,后来发现躲不掉,便一前一后跳进了水里。

莫里斯呢,莫里斯还在山上观望。他看到山的一侧此刻被西沉的夕阳照亮,与此同时日光变得不那么白了,岩壁似乎抹上了一层蜂蜜。更往下去的草坡仿佛撒上了金粉,森林上方则是温暖的余烬。所有的一切都变得很美,所有的一切都越变越美,仿佛在比赛。所有的一切都在变美丽,变得更加美丽,湖水、山峦、天空,液态之物、固态之物、既非固态也非液态的一切事物,都在一起坚持着。一种事物跟另一种事物以及所有在场的事物之间似乎建立起了一种默契,似乎一刻不停地在交流,而且都围绕着她，都因了她的出现；他在山上这样想着，这样对自己说着。美的东西找到了一个立足之地……

两个孩子一边大笑，一边吃力地爬上他们的木筏。他们朝朱丽叶特喊了几句什么话，一边吐着水，一边用手在头发和脸上擦拭着。现在可以听清他们在喊什么了，他们喊的是："小姐，等一下，我们来拖着你走。"接下来发生的事情就是，他们俩怎么闹腾她都由着他们；他们靠近，将小船前端的缆绳系在筏子后面的木板上，然后他们开始划桨。

她任由他们拖着走。她被他们拖着，慢慢靠近。她靠近了，还在继续靠近。然后大家突然发现肖维也在那里，他头上戴着那顶塌下去的圆顶礼帽，身上穿着夹克，脸上留着浓密的大胡子。只见他走向岸边的那个点，她正要靠岸的那个地方。在那里，他用了一个很大的手势脱下了帽子。

他露出了秃头。

但鲁日走了过去。

然后鲁日转向其他人：

"你们都跑来这里干什么？"

他愤怒地说：

"你们觉得这里是你们自己家，还是怎么的？都给我滚一边去，听明白了吗？"

在同一天的一整个下午，当人们在米利凯咖啡馆旁边的球场玩九柱戏，在两次滚球的间隙，都能听到那个奇怪的小曲。

一整个下午，小曲都在从工具房后面传来。

玩九柱戏的人太专注于在黑板上记分，所以没有人去注意。而且那曲子又是从很后面的地方传来的，而且中间还有间歇。

开始时，只是同一个小音符，持续很长时间，然后出现了一片寂静，接着那个小音符又回来了，然后又是一片寂静。

接着另一个音符出现了。

音阶开始一点一点地升高，起初很慢，然后变快，越来越快。音阶由低到高，然后又由高到低，就像喷泉的水柱一样升起而后又在同一时间落下。

夜幕降临。现在那人开始尝试低音部。他用和弦尝试。风箱拉开，气流在出口处呼呼作响。第一个和弦，第二个和弦。

这一通操作需要特别小心。听得出来，手部动作是多么小心翼翼，多么充满爱意。

第九章

大约在同一时期,人们开始带着狡黠的笑容来到米利凯的咖啡馆并问他:

"你侄女呢?"

他站在你面前,双手靠在桌子边。

有人暗地里使坏:"看看我们能不能让他离开那张桌子……"

"你的侄女……好像她过得还不错?"

他确实往后退了一两步。他耸了耸肩,双手背在身后。但此刻,既然落到他们手里了,就不会让他那么快逃脱。

"是的,"有人说,"外面传的那些话是真的吗?你应该清楚。听说鲁日给她买了家具……听说他给她买了最好的家具……"

他又往后退了几步,然后在即将跨出门的那一刻说:

"哦!别担心,维持不了多久的。"

"你打算怎么做?"

但他已经走到外面了,人们不得不等下一次再追问他这件事。

这个星期一,筏子的故事给了大家一个由头。这件事在村子里引起了轰动。两个孩子的母亲一开始就赶他们上床睡觉,不让他们吃晚饭。然后她们把事情一五一十地跟邻居们说了。这一次他们是成群结队跑去米利凯的咖啡馆的。

"嗯,鲁日家真热闹啊,"他们说,"听说他们一家现在都在那里游泳了。"

米利凯正在给他们倒酒。他不得不继续将杯子倒满,但随后猛地把酒瓶砸在桌子上说:

"拜托让我清静一会儿吧!就好像我不知道该怎么做一样……"

他又准备往后退,但这一次他们把他揪住了。

"你打算怎么做?喂,米利凯,能说给我们听听吗?"

"我!你们觉得这种事能难得了我吗?我有的是时间。"

"那又怎么样?你不着急。"

人们开始笑起来,有人追问他:

"然后呢?一旦你决定了怎么办之后呢?……"

"我呀,很简单。我去起诉。"

"可是是你把她赶走的。"

"我把她赶走的？"

"是你妻子赶的，如果你非要这么说的话……你和你的妻子，在法律上是一回事……"

"先把情况搞搞清楚吧……"

"一切都很清楚，你负有责任……然后又怎么样？你起诉，然后呢？……然后，你会把她接回家吗？……"

再次爆发出笑声，因为这切中了问题的要害。他们对米利凯说："总之，你看到了吧，你做了一桩赔本的买卖……"这个是真的。

小女仆一连几个小时都是独自一人坐在角落里织毛衣。麻雀在露天咖啡座的悬铃木上非常自在，整个露天咖啡座全都是它们喊喊喳喳的叫声，它们在桌子上留下白色的粪便，桌子原本的颜色就像烧焦了一样。与此同时，米利凯穿着脏衬衫和旧拖鞋，拖着脚步走到门口，等着他仅存的几个客人，同时又害怕见到他们，就好像他们是敌人一样。同时，他还必须避开他的妻子，可惜她卧床没多久病就好了。

鲁日再也没有来过他这里。

她呢，她继续跟我们一起去捕鱼。每天早上，她登上船，和我们一起出发去收网，继续在我们中间拥有一席之地。她负责掌舵。鲁日在一边指导:"向右……向左……直走……"她坐在后排的凳子上,时而拉这根绳子,时而拉另一根绳子。在这个月剩下的日子和接下来那个月的大部分时日,天气都很好,他们三个人一起出发,她所在的这片小天地正是我们的天地。她在这片小天地里如鱼得水,仿佛天生就属于这里。你们睁大眼睛仔细看吧,她在山下;睁大眼睛仔细看吧,她在石头和沙子之间,或者在最初是灰色,然后是柠檬黄,接着是橙黄色的水面上;然后又仿佛是在三叶草田间航行,船桨搅翻了三叶草的茎秆。也许,有那么一段时间,她在这里完全像在自己家里一样,因为除了她和我们之外,没有其他人;她和我们,还有这里的万事万物和我们。海鸥,有时还有一些天鹅也来看我们,当我们靠得太近时,它们会愤怒地竖起羽毛。除此之外什么也没有,没有任何生物(现在森林中的鸟儿已经开始噤声)。所以除了湖水和湖水美丽的颜色,除了沙子和石头之外,什么也没有。一波涟漪挨着另一波涟漪,然后漾开。三个人驾船抵达一个角落的尖端,这个角落由两个褶皱构成,褶皱两侧像丝绸一样平缓地展开。她再次稍微拉了拉左边的绳子,小船直接朝着浮标驶去。鲁日和德古斯泰停下了手中的桨,就在小船即将撞到那只涂成红白两色(这两种颜色最为显眼,在很远的地方便能看见)的残桶时，德古斯泰往船头跑去，桶上的风灯还亮着，但已经照不见什么了。她放开了舵。只见德古斯泰抓住那盏灯，把罩着球形灯罩、火焰微弱的灯举在面前，这火焰在粉红色的空气中只显露出一点点颜色。然后，两个男人的身体正面全都变成了粉红色，从头到膝盖，还有他们的胡子，他们的围裙。他们把灯递给朱丽叶特，她把它放在旁边的船尾箱上。然后她也变成了粉红色，但红的只是她身体的一侧，她的肩膀，她的手臂，她的左腿。她坐在那里，把双腿抬起，免得妨碍别人干活，她用双手拢住膝盖。她呀，她的一边脸颊、一条腿和一只光脚变成了粉红色。与此同时，那两个汉子在拉网；他们的正面是粉红色的，他们双臂向下倾斜。他们弯腰，然后直起身体。他们把网拉向自己。他们从下往上拉，渔网从下往上升。他们拉着这被绑缚着的有网眼的墙树，墙树带着它们的果实过来供他们采摘。他们俯身，然后半站着，紧挨着对方，全身都被染成了粉红色，他们用粉红色的手去采摘劳动果实，然后让它们掉在脚下。然后，颜色又变了。当太阳终于从山后出来时，他们被重新染色，重新照亮，重新塑造。这时，有一团火焰在他们的手上和手指间扭动，然后掉落并熄灭，但另一团火焰已经来了，而且周围有无数的火焰，你想要多少就有多少，到处都是：在随便一个褶皱处，在每一个小波浪的浪尖……

啊！她在这里确实得其所哉！太阳出来的时候，对她和他们俩一视同仁。太阳就跟爱我们——它的老朋友和每天的伙伴——一样爱她。阳光照在她的一边脸颊上，照在她的一边太阳穴上。阳光照着她的部分头发，有些平直的发绺像钢片一样闪闪发光。她的脖子上，脖子旁边，前面的喉咙根部，那些地方皮肤的纹理都显露了出来。她与阳光融为一体，在阳光中，圆形的东西变得更加圆润。她双手抱腿。她转过身，面朝山顶上冉冉升起的圆圆的太阳。太阳一颤一颤地离开那座山，仿佛被山拖住，它对山说："放我走吧！"空气已经变暖，因为这种温暖，你周围可以闻到浓郁的鱼腥味。她的腿边有一片光尘，她的肩膀上和全身都有光斑。这时，鲁日手上依然拿着网，他问她："嗯，朱丽叶特小姐，你还好吗？你不会觉得太无聊吧？"

渔网已经被一把接一把地挂在了船舷边，变成了一个装饰着软木和铅块的花环。她微笑着，摇了摇头。

她与我们在一起，就好比我们生活中的一种装饰。现在，我们的脚一直到脚踝都深陷在这些横七竖八、还在动来动去的鱼堆中，这些鱼恰似刚刚取出的内脏，散发出一股强烈而甜腻的气味。"我们马上就完事了。"鲁日说罢又看了她一眼。为什么这一刻她会低下头？这是在他们到达第二个浮标的时候,然后他们的船撞到了第二只残桶。

"好了,弄完了,"鲁日说,"来吧,朱丽叶特小姐,该你操作了。我们又需要你了……"

她抖擞起精神,看了看左边,又看了看右边。他们正在返回岸边。这是一个捕鱼的早上,从五点开始到七点或八点结束。现在,两个男子划桨时背对着陆地。他们面向太阳。他们从东方耶路撒冷所在的方向过来,划向西方。她看到布尔多奈特河口的芦苇越长越高,变成了一堵墙,在这堵墙前面,在远处的湖面上,有一个黄色的斑点。他们向高耸的悬崖前进,然后稍微拐了个弯,从那里可以看到湖岸边的房子,它的屋顶有三种颜色。到处都杳无人迹。现在还没到游泳的时候。只能听见村庄从寂静的葡萄园下传出的混杂的声音。她呀,她负责操作船橹,他们俩则负责划船。他们不偏不倚地进入两堵芦苇墙之间的水面的中央,因为旁边是洼地,必须走中间。他们靠岸了。

这是一个平平常常的捕鱼的早晨。鲁日再次看着她。德古斯泰刚刚推着手推车离开。鲁日呢,他去张挂渔网。他愉快地看着她。他把烟斗填满,抽着短短的木烟斗,抽的时候两腮凹陷。烟从他那乱蓬蓬的胡子中间的各种小孔里冒出来。他来到她的身边。

"感觉怎么样，嗯？"他突然问。

一切都井然有序。只见渔网绷得紧紧的，张挂在那里，那透风的网墙恰似从地面升腾起来的薄雾。很显然，今天将是个大晴天。

"嗯，你的新岗位，你干的这份活计，情况还不错，不是吗？"

他接着又抽了一口烟，又一团白烟从他的胡子中冒了出来。

"这可是个好活计。"

他指着渔网、湖水、天空和房子。

"对每个人来说都是好活计，无论是对你还是对我，这都是一份好活计，它既适合男人做也适合女人做，男人干一半女人干另一半……真是太巧了！"

因为他再次提到那个曾让他大吃一惊的想法。

"好像我们一直在等你，"他当时就是这么说的，"你不在时，我们都很想念你，真有意思，然后你也……"

他犹豫了一下，说：

"你也……你可能也很想念这里，因为在这里我们的生活很宁静，这正是我们所需要的，也是你所需要的……事情解决得多圆满啊！"

他这么说着，她默默地听着。他举起手说：

"宁静和自由……看看那些人，我说的是陆地上的人，因为我们这些人生活在水上，这有很大的区别……那些人……你应该看得出来他们是什么人，你应该已经意识到了……那些开店的人，米利凯之流，不是吗？那些被鞋底束缚住的人。是的，所有那些种葡萄的人，或者那些割草和耙草的人，那些拥有一小块牧场、一小片田、一块巴掌大的土地的人。你看到他们被迫沿着一条路走，总是同一条路，在两堵墙之间，在两排树篱之间，这边是他们的地盘，旁边就不是。那边到处都是规则，到处都禁止擅闯……不能左转，也不能右转……可是我……我们，我们想去哪里就去哪里。我们什么都有，因为我们一无所有……"

这些话脱口而出，他本来不想说，但现在已经停不下来了。他边说边做着手势。

"我们呢，没有任何东西能够阻止得了我们；我们想去哪里就去哪里，想做什么就做什么……你看看，即使在这个时候，无论在哪里，有没有人能阻止我们做我们喜欢的事情？我们的天地宽不宽阔？而他们生活的地方是多么狭小啊，五十平方米的空间里，只够转身……"

他说：

"朱丽叶特小姐？……"

他突然停止唱高调了。

"我觉得我们可以妥善解决……我们可以解决所有那

些问题……"

他又开始说：

"在这里，你看，我们可以一直向前走，想走到哪里都可以。我们没有邻居，没有栅栏，没有界线，没有阻碍，也没有条条框框……那么，你说说看，你觉得这里适合你吗？……如果我们能妥善解决……"

那天他没有把话说完。而她呢，她听着，然后点了两三次头，好像在说是的。这是一个捕鱼的早晨……

那天下午，鲁日和德古斯泰恰巧在修补渔网。她在自己的房间里。他们俩在外面，在热浪中，在工具房那边，在杆子中间。她上床睡了一会儿，至少他们猜测她应该在睡觉，因为她来的那个地方中午时分有睡午觉的习惯。两个男子都戴着帽子埋头干活。突然传来一阵很小的像是石头滚动的声音。鲁日抬起头。是玛格丽特，在米利凯咖啡馆做女仆的小玛格丽特。她站在靠近沙滩的土坡上，在繁茂的灌木丛中，从村子里出来要穿过牧场才能到达那里。但那确实是她，穿着黑色的高领连衣裙，上面点缀着小束小束的白花。她的脸颊第一次因为奔跑而泛出红晕，头发比平常更短更卷更加蓬乱，她像小鸟一般很突然地东张西望，然后说：

"是为了朱丽叶特小姐的事情……"

她迅速地向四周张望了一下，确保没有人能看到她，但树木、灌木丛和土坡把她完全遮挡住了。然后，她继续压低声音说：

"米利凯先生和他妻子大吵了一场……你问我为什么要过来，对吗？我要去村子里买点东西，所以赶紧跑过来通知你们……因为，"她说，"他会来的……是的，是米利凯先生。他说他会亲自过来接她，他说这是他的权利……他会过来接朱丽叶特小姐走，他还说如果你们不让她走，他就会起诉……他妻子向他索要两万法郎……两万法郎！你能想象吗？……我想是因为有些文件送到了，因为他买的房子还欠了钱。他妻子大喊大叫，说他把她给毁了。我猜是买房子挪用了她的钱。她质问他：'你这个流氓，我那两万法郎呢，我那两万法郎在哪里？你把我的钱都拿去干什么了？'他回答说：'你的两万法郎，你想要你的两万法郎，对吗？好吧，你会拿到的，我向你保证，但现在你得让我做……现在给我闭嘴！啊！你破产了，是吗？等着……你知道你为什么破产……'他说：'就在今天下午……等着瞧吧……鲁日会听我的……有法律……如果有必要，我会喊警察一起去……'他很快就要过来了，很快就要过来了，鲁日先生。"

"他不会来的。"鲁日说。

"会来的，因为他还对他妻子说：'你去你的房间，然后待在那里，别再出来……'哦！他会来的，肯定会来的……"

"我们等着看好了。"

"那她呢，她怎么样？"

"她很好。"

"那太好了，但现在我得走了。那么请你转告她一声，好吗？一定要跟她说一声……"

"没必要。我会去米利凯家。"鲁日说。

他想继续说些什么，但小玛格丽特已经逃走了，她在果园的深草丛中从一棵树溜到另一棵树。鲁日在原地站了片刻。他摇了两三次头，然后举起手臂，叫德古斯泰过去。

他对德古斯泰说：

"总之，这也许是好事。我们得解决这件事……我现在就去。至少他会知道，如果他敢过来找我的麻烦，会有什么后果……你等着我，我过半小时就回来……"

然后，他似乎犹豫了一下，半个身子转向房子那边，开始时似乎要屈服于这个动作，但突然间，他转向了相反的方向。

他把帽子往前拉了拉。就像刚才干活的时候一样，他身上只穿着裤子和衬衫。他迈开大步上路了。

"你，哪里都不要去，"临走前他对德古斯泰说，

"你要留神有什么情况发生。"

她是否听到了?她是否猜到了刚才发生的事情,抑或只是因为感到无聊了?

她至少应该猜到鲁日刚刚离开,就像他下午有时候会做的那样。她也应该掂量过德古斯泰并不重要,而且他干活的位置是在工具房的另一头,她可以悄无声息地溜出去而不被人发现。她走到房间的一角,拿起那件灰尘色的旧外套,就是她来的那天穿的那件。她贴着房子的墙壁悄悄溜到外面。她在灰色的石头上只是一个灰色的斑点,在沙滩上也只是一个沙色的斑点。现在,她和德古斯泰之间隔着一座房子,她没被他发现。然后她来到了芦苇丛和那条穿过芦苇丛的小路。当她走到布尔多奈特河河边时,开始往左拐。那里是渔警走的小道。顺着那条小道走到大路上就可以绕过村庄,她应该知道,但不太熟悉这条路。她走在越来越高的堤岸下方,虽然不停地抬头,但还是看不见左边的村庄,因为视线被堤岸和树木遮挡了,而右边是陡然耸立的悬崖以及覆盖在上面的冷杉林,那边的视线更是被彻底挡完了。她什么也看不见,脚下的步子迈得更快了,就好像急于弄清自己所在的位置,然后她也许意识到了这条路比她预想的要长。就这样,她进入这条狭窄通道最窄的地方,四周是茂密的灌木丛,下面的布尔多奈特河发出巨大的隆隆声,就像米利凯咖啡馆的大堂坐满了客人,到处都是交谈声和拍打桌子声的时候一样。她没有立即就注意到有人在她上方的灌木丛中游荡。那人在河水的隆隆声中出现,就像之前在米利凯家的露天咖啡座已经出现过的那一次一样。他猛然出现在她面前。她没有发出丝毫的惊叫。萨瓦人也没出声,他只是在小胡子下面露出牙齿,默默地笑着。他张开双臂朝她走来,她往后跳了一步,并很快意识到,如果自己沿着原路往回走,很可能会被他截住,所以她本能地尽可能远离他,因为他是从高处往下走。估计也是因为她对自己血管里流淌的年轻血液充满信心,对自己的强健体魄充满信心,她跳进了茂密的灌木丛,径直往山下冲去。茂密的枝条挡住她的去路,但也为她提供了保护。她首先得将这些枝条压下去,这些枝条会弹回来,狠狠地抽打萨瓦人的脸。萨瓦人暂时被阻挡住,时间虽短,但足以让她冲到山脚。在那里,她脱掉外套,大笑起来。一排茂密的桤木树篱出现在水边,那里还剩下最后一个陡坡。她跳了下去,脚下踩空了,但她及时伸出双手抓住了树枝。她紧紧抓住树枝,因此她被挂在那里,悬停了片刻。而后,身体的重量拖着她向下坠去。萨瓦人又一次被拦住。她听见他在赌咒。她继续往前走,她跌入水中,她撩起裙子,继续前进。在踩踏石块发出的声音和水流的声音中,她似乎听见他叫了她，对她喊了几句什么话。她回头看了他一眼，又大笑起来，因为她看到他的帽子掉了，散开的头发挡在了他的眼前。她耸了耸肩，她的胸部因为大笑和呼吸而鼓起。就像玩游戏一样，她举起并张开双臂让身体保持平衡，笑着向前移动。就在那一刻，那个萨瓦人，猛地向她扑过去，但整个布尔多奈特河的河床此时已经将他们隔开，他在那里脚底一滑，侧身跌入水中，河水没过他的双臂，浸到了肩部。她已经走到了对岸。一到那里，她立即开始往岸上爬。那里的地形完全不同。在冷杉树下是一层层松软的石堆，石堆之间隔着陡峭的梯级，梯级上覆盖着厚厚的苔藓，这样的地形一直延伸到了很高的地方。在正上方的树影中，在你的头顶上方，留了一些口子，像是底部呈尖形的采光井的井口。那些口子在苔藓上画着圆圆的光圈。她在其中的一个光圈中停留了片刻，然后手脚并用，往陡峭的山坡上爬。她在黑土上爬着，这种土就像咖啡渣，其颗粒会钻进皮肤。整块整块、大片大片的苔藓从她的手指间冒出来。她的手指像牙齿一样咬碎了这些苔藓。哦！当她像这样青春焕发、斗志昂扬地往上爬时，我们可以重新看到她原本的样子。她绕过这些岩石层，或者从正面攀爬，紧紧抓住那些悬挂在裂缝中的胡须或头发似的根须。她时不时地回头看一眼，看到萨瓦人无法追上来了。他已经被甩在后面了。

他光着脑袋，头发蓬乱，上气不接下气。他的红色腰带松开了，拖在身后，因此不得不停下来。她加快了步伐，与他拉开了更大的距离，到达了峡谷的顶部。现在，展现在她面前的是一片平坦的森林地面，高大的树干之间都有间隔，留出了足够的空间让人自由穿行。她可以向右、向左或者直接前进，向右的话，她可以轻松返回沙滩；向左，则可以快速到达公路和住宅区。她完全有足够的时间逃走，但突然间，只见她停了下来，然后开始往回走，她探出身子看着峡谷的边缘。"你来吗？"她问，"我等你……"她完全站在陡坡边上了，朝萨瓦人俯下身子。"哦！这个懦夫！这个懦夫！他不敢！"他还没有开始动，但这句话传到了他的耳朵里，于是他开始往上发起冲锋了。

"啊！你终于来了！"她说。

她一直没动，而他则在奋力向上爬。她没有动，不仅没动，还将身子俯到更低的位置，以便更好地盯着他看。但峡谷前方是突出来的，有一块疏松的土块突然在她脚下塌陷，还好那个几乎垂直的陡坡立刻接住了她，并托住她的两边肩膀让她保持着直立状态。她从上面往下滑，直接滑向站在苔藓和黑土中的萨瓦人，她在地面上划出了两道痕迹。她看见他就在自己下面快速向她靠近（或者看上去像是在向她靠近），他不再需要做任何动作。她看到他的牙齿在胡子下面露了出来。他所要做的就是张开双臂。但撞击太猛烈，他在抓住她的同时自己也跌倒了。他用全身力气抱住她的身体。他转了半个身，他被她撞得转了半个身，然后被带到了陡坡的一侧，而她则悬在陡坡边，向下倾斜着，然后开始下坠，他也跟着一起下坠，两人叠在一起往下滚。但他没有松开她，整个过程中她都能感觉到他的整个身体紧贴着她，他呼出的气体喷在她的脖子上，他那张滚烫的脸贴近她的脸，因为他张开了嘴巴。他们翻滚着，滚了好几圈。他们时而看到地面，时而看到整个天空，像是天翻地覆了一样。四周弥漫着浓烈的气味，闻起来很呛人，闻起来湿乎乎的，闻起来有腐烂和枯叶的味道。她也闻到从他身上散发出的更加危险、越来越近的气味，因为他们突然间停止了滚动，他们撞到了一棵树的树干上，被挡在了那里。

  他跪在地上，她仰面躺着。她看到两只眼睛在向她靠近，越来越近，越来越大，占据了她眼前的所有空间。他一直没有放开她，仍然用手臂搂着她的身体。但是，他还不够了解她，或者还不完全了解她。她突如其来的一个动作就让他的眼睛离开了她，她把脸扭到一边，露出竖起的颈背和从上到下完全敞开的上衣。她听到他发出的喘息声，然后喘息声还没结束，就被一个闷叫声取代，他的左手也跟着缩了回去。她站了起来，他也站了起来，但没有她那么快。他甩了两下手，因为手腕在流血。她在前面跑，他在后面追，他抓住了她的袖子，袖子被扯断了。啊！这些坏蛋就是这样对我的！这些臭男人究竟想从我们身上得到什么？我们该往哪里逃？该怎么办？但阳光重新照到她身上，她那副美丽的肩膀在阳光中闪耀，她又来到了水里。他落在了后面。可以看到他的左手上有细小的交错血印。这一次他气急败坏，无法控制自己的动作了。她抓紧时间拐到右边的河床上，显然在担心自己会在另一边被他截住。她逆流而上，水没至膝盖，但河床上滑溜的石头帮了她的忙，因为他穿着带跟的鞋子，而她穿的是绳底帆布鞋，这便是她不屈不挠的原因。她再次转过头，看到他每走一步都滑倒在水里，被溅起的污水弄得什么也看不见。看到他时而跪在水里，时而双手撑在水里，她忍不住发出清脆的笑声，激怒他的同时也激起了他的欲望。布尔多奈特河变得越来越宽，离陡峭的峡谷越来越远，峡谷把自己的位置让给了刚刚开始的小山谷。

　　她在阳光下美丽极了。他依然能看见她的美丽的身影。

　　但与此同时，他意识到这美丽的身影即将从他眼前逃脱，因为博罗梅的小屋出现了，小屋低矮的后屋顶紧贴着草坡，小屋几乎有一半埋在草坡之中。而此时，博罗梅正从他的小屋里走出来。

他在自家门口站了一会儿,不明所以,站了一会儿就回屋里了。

她已经离开了河床。萨瓦人也离开了,他试图从斜坡那里横插过去截断她的去路。

博罗梅重新出现了,手里拿着一杆猎枪。

萨瓦人看见她那美丽的双肩在他前面又闪耀了一次,有那么短短的一瞬,这美丽的身影仍在他眼中闪烁,但不一会儿,就连这个也不再有他的份了。它消逝了。美丽消逝了,熄灭了。

什么也没有了,只剩下那个皮肤发黄、胡须下垂的小个子男人。他平静地走上前来,又往前走了两三步。然后,由于萨瓦人仍然没有停下的意思,只见他将枪管向下倾斜并开始往里面装子弹……

她深深地呼吸。她深深地吸了一口气,空气来到肋骨以下,然后又上升到肩膀。她的肩膀耸起,使她的颈部两侧皮肤出现了一条大褶皱。

她顺势靠在门框上。感觉真好。她深深地呼吸。世界又变美丽了,又变美好了。天空再次成为你头顶上的一个完美无缺的整体,再次恢复了平静。她再次深深地呼吸,呼吸着清新的空气,就好像那是她赢来的一样。她就要自由了——她忘记了那里还有一个人……

那是博罗梅，他手里拿着猎枪，说：

"你最好进屋去，小姐……"

他低头说话，然后她也低下了头。

"我会尽量为你找一些衣服，尽管我家没什么衣服，尤其是女装……"

他先走了进去。

他刚走进隔壁的房间，他就是从那里叫的朱丽叶特：

"听着，我给你找到了一件外套，小姐。这是我的一件猎装。如果你愿意过来，五斗橱上有线和针……"

天空下的美丽景色留在了门外。那是一个不怎么通风的小房间，尽管外面阳光灿烂，屋里却显得有些暗。他出去了，留下她一个人。她乖乖地照他的吩咐做了。她穿上了那件灰绿色的帆布外套，外套后面有一个大口袋，外套上的金属纽扣上刻着野猪头。她在一面斑驳的小镜子里照了照自己。她开始缝裙子，从裙子上撕扯下来的破布片垂在她的脚上，膝盖露在了外面……

鲁日已经回来好一阵子了。他和米利凯的谈话并没有持续太久。他才走半个小时，德古斯泰就看到他回来了。他低着头走路，好像头很重似的，帽子向后倾斜，仿佛脑袋肿了。在他的胡子周围和上方，他的脸色比平时更沉，胡子的颜色也似乎变得更浅了，白了许多。与此同时，他的太阳穴那里有一条粗大的青筋暴突出来，脖子一侧的另一条青筋也绷得很紧。

他回来了。他一言不发。

他在德古斯泰前面停了下来。德古斯泰一直在修渔网，用梭子在网眼中穿来穿去。德古斯泰用自己唯一的眼睛看了他一眼，但那只眼睛看得和两只眼睛一样清楚。他快速地扫了鲁日一眼，但什么话也没有问。鲁日也是什么都不说。德古斯泰没有问他任何话，因为没必要问。只见德古斯泰拿起刀子，把线割断，然后合上刀片。

鲁日又耸了一下肩膀，把棉质汗衫上的扣子解开了。

在布尔多奈特河的入湖口，水面呈黄色的地方，一群湖鸥从这一边被照亮，变成一个个白点（而当它们从另一边被照亮时则会变成黑点）。

突然，鲁日问德古斯泰：

"你没看到朱丽叶特吗？"

房子异常安静，沙滩上、房子周围、屋顶和窗户上都没有丝毫的响动，没有一丝烟雾，窗户玻璃上也没有任何反光。鲁日问：

"朱丽叶特呢？你没看到她吗？"

"没有。"

"她没出去吗？"

"我不知道。我一直待在这里都没动过。"

鲁日感到不安起来。他走到房子前面。他站在门口听着。他听着，但什么也没听到。

他走进厨房，故意把凳子搞得嘎吱嘎吱响，因为她也许还在睡觉，但还是没听见任何响动。

"朱丽叶特！"他提高嗓门叫道，"朱丽叶特！朱丽叶特！"

他看到那扇新门和门上新上的油漆，在那里站了一会儿，仿佛那扇门就要打开似的。但门没有打开，他在门上敲了敲……

啊！脑子里怎么会提前出现预感？他先前就知道不会有人响应。

他走出来，对德古斯泰喊道：

"你没看到她拿桨吗？"

德古斯泰讲了句什么话，但他没有去听，他已经走进了工具房，因为去那里查看更容易得到答案。再说啦，他预先就知道船桨还在那里。

果然，船桨还在那里，他早就知道了。平石板上显得很暗。石头看起来湿漉漉的，他周围的沙滩仿佛被雨淋过一样。远处的芦苇失去了它们美丽的白色和绿色，全都变得灰不溜秋。它们下面是白色，上面是绿色，但在他看来并不是这样。他走进芦苇丛，还是想去看看那两条船，因为他永远都不知道她会做什么，她可能会不带桨就离开。他在两堵芦苇墙中间的小道上还在这样想。但与此同时他也不相信会发生这种事，实际上，两条船都还在。"朱丽叶特号"就在那里，新刷过油漆，外面绿色，里面黄色。它在链子的末端静静地等着某人的到来，但没人来过，也没人会来。啊！一个人影都没有。空气潮湿，天空黑压压的。他抬头望着悬崖，那里也是黑压压的，那里也没有人。带刺的灌木、小橡树、开着紫色花朵的高茎秆肥皂草中间没有人，上面那长满苔藓的悬崖边缘也没有人，在两根倾斜的树干之间悬挂着苔藓的流苏，树枝伸入天空……

过了很久，当他回来的时候，他并没有立刻就意识到那就是她。

他看到了博罗梅，他只看到博罗梅后面跟着一个人。

博罗梅朝鲁日走过来。她则站在远处等，穿着对她来说过于宽大的外套，外套上有金属纽扣，纽扣上刻着野猪头。

她在等待，鲁日没有认出她。然后，只见博罗梅向他走来。这时，鲁日突然抬起头。

只听见他对博罗梅说：

"你还有多少把这样的枪？"

他低头盯着地面看了很久，然后突然抬起头，问了上面那个问题。

然后他又加了一句：

"你得借我一把。我们可能会用得上。"

第十章

"哦!朱丽叶特,你这是怎么了?你不想和我们待在一起吗?你是不是对我们的一些生活方式不满意?"

他让她坐在房子前的长椅上,这长椅用刷工具房剩下的油漆重新漆过没多久。

那是在同一个傍晚,太阳落山了,但沙滩上湿润的石头和干燥的石头上依然泛着粉红色的光,那里呈现出两种不同的粉红色。

"在这里你不会有危险,我向你保证,你在这里能得到很好的照顾……"

他走进厨房,然后又出现了,手里拿着博罗梅借给他的那把猎枪。

她默默地看着猎枪。于是他把猎枪靠墙放着,枪托着地。

"但如果是你自己想走……"

接着,他又说:

"它已经上好膛了,装的是铅弹,对付那些野蛮人这并不过分……"

然后,他又回到他刚开始的想法:

"我们多么希望你能够开开心心的,我们真的很希望……告诉我,朱丽叶特小姐,朱丽叶特……是的,德古斯泰和我,我们俩。我们不是尽了最大的努力吗?说吧,你还缺什么吗?"

她摇了摇头。她非常缓慢地摇了两次头。

"那又是为什么?"

他停在她面前。他在粉红色的霞光中来来回回走了一会儿,然后站在她面前,向她微微俯下身子,问:

"那又是为什么?"

他的语气变了:

"尽管米利凯从中作梗,但如果你愿意的话,一切都会非常顺利地解决的。一切都会很容易解决。米利凯吧,我来处理……"

她又摇了摇头。

"你知道他们在监视你,有两三个人在监视你。男人就是这德性,哦!"他说,"他们不足挂齿,他们恶毒、嫉妒、贪婪。吃相特别难看……那个萨瓦人……"

他现在说话很随便了,他没有把这些话都讲完。

"你一定要想清楚了,他不会那么轻易就放过你的……他在树林里游荡……他能看到一切，"他说，"从那上面……"

他指着悬崖上那个被粉红色霞光笼罩的突出部分，不得不举起手臂。

"从那上面……如果他们高兴的话，嗯！从那上面……还有，那个萨瓦人，如果我们愿意，摆脱他并不难，我们可以控告他……"

她第三次摇头。

"哦！我知道，"他不解地说，"我们不去控告他。但其他的事……你可能还不知道，米利凯想把你要回去……所有的人都在反对我们。"

他原以为她会感到惊讶，但她看上去并没有显露出惊讶的表情，至少在落日的余晖中她看上去并没有表现出惊讶。在落日的余晖中，一片灰色的灰烬弥漫过来，覆盖并逐渐熄灭我们周围所有那些粉红色的余晖。朱丽叶特只是抬起头看着他，什么也没说。

"是的，"鲁日说，"就是这样……至于米利凯，他只是在嫉妒，但他已经被这种心理牢牢控制了。现在他已经知道如果他来这里会有什么后果，他以后不敢再来了……"

他指着那把猎枪说：

"他很清楚我们已经做好一切准备来对付他，但问题还没得到解决。萨瓦人是个麻烦,米利凯是另一个麻烦,加起来就是两个……但这还不算完。因为还有其他人……"

他用手臂在自己前方画了一个圈,把整个湖岸都圈了进来。

"所有那些男孩子,我呀,我怎么会不知道?所有那些动歪脑子的人,那些很想动歪脑子的人,大个子亚历克西、小布塞,连肖维那个老酒鬼也……"

他开始生气了。

"是的,一大帮人,我怎么会不知道?他们藏在哪里?到处都是他们的影子,他们在窥伺你。所以,如果你说你在这里过得很开心的话……"

她点头。

"所以你是说你不埋怨我们……不论是德古斯泰还是我……"

她摇头表示不埋怨。

"那你为什么要逃走?……朱丽叶特,我的小朱丽叶特。为什么要离开我……离开我们呢?……"

但她又摇了摇头。她打断了他的话。她对他说了些什么。

他听着她说话,听着她用略带嘶哑的奇怪口音说话。他听她说,然后突然喊道:

"啊！我的天，你应该早说呀！所以，是因为那个小驼背吗？……你先前想去找的人是他吗？"

她开始说话，说了很多话。她有些语无伦次，忍不住笑了起来。她把句子打乱，然后重新将它们理顺。有些词语她想不起来，就生造一个。她又笑了起来，而他还在纠结那个问题：

"那你为什么什么也不跟我说呀？"

说完，他自己也笑了。

"瞧你，为什么什么也不跟我说呀？你要是说了，我可以帮你去找他的。他嘛，我是不介意的。他……他不算什么，他不会伤害人……我明白了……那个小驼背，天哪！……那种音乐，我懂了……啊！朱丽叶特，你都要把我吓死了……我已经老了，我老在想：'看来她受够我了……'这么说，是因为那个意大利人，对吗？因为他确实是意大利人，你想要找的就是那个意人利人，对吗？是的，那个在罗西的鞋店里做事的驼背。我明白了，是因为他的音乐……可这事很好办呀，再容易不过了……"

她在说话，他也在说话。

"我明天就去帮你找他……你想找他多少次我就帮你多少次。我们会邀请他，他任何时候想来都没问题。确实，那个可怜的孩子，他没有任何熟人，而且他也长得不好看，不会招人喜欢……但你是因为想听他的音乐吗？哦！我明白了！我也是，我也想听他的音乐。朱丽叶特，你看，朱丽叶特，我们是一类人……"

他突然停下来。

"你什么时候满二十岁？"

"明年三月。"

他掰着手指头数着。

"那就是八个月，八个月多一点点……"

他又开始来回踱步。

"麻烦就麻烦在，眼下法律会站在米利凯那一边……但之后你只需说一声。如果你也这么想的话，我们可以……我得去咨询一下。朱丽叶特，我六十二岁了，我可以做你的祖父了。但如果你愿意，我们可以把'祖父'前面的'祖'字去掉，因为针对这种情况也专门有法律条文规定……"

她没有说话。

他双手插兜，在水边来回踱步。水边出现了一颗星星，它缓缓升起，然后又落下来，就像抛出鱼线时，浮标漂浮在水面上一样。

他又换了种语气：

"在此期间，我不许你离开这个房子。你听明白了吗，朱丽叶特，我不许你一个人出门。"

他是否看到了她突然将整个上半身和头向前倾斜？他怎么可能看不见呢？

她把两只手合在一起，放在两膝之间。

"至于那个驼背，"鲁日接着说，"就这么说定了，明天我就去帮你把他叫过来……"

他们已经第三次或第四次给葡萄树喷洒硫酸铜，大家都在使用这种新的杀菌技术。现在要重复喷洒六到七次才见效。一旦下起大雨，他们就跑到上面的储水池那里躲雨。所谓的上面，也就是在村子后面，穿过草场、果园、公路，然后再穿过草场，就到了，就在山坡和山壁开始的地方。夏天下过几场大雨，雨后他们马上又摇起了喷雾器的摇杆手柄。所有这些男人都穿着蓝色工作服，在葡萄藤之间来回穿梭。他们穿着蓝色的工作服、裤子、衬衫和鞋子，戴着蓝色草帽，脸、手、耳朵、后颈窝、脖子、胡子都被染成了蓝色。她提着篮子向他们走去。她给父亲和两个兄弟送午饭。她就是小艾米莉。她穿着漂亮的条纹布连衣裙，戴着一顶系着丝带的草帽。她长着一头美丽的金发。唉！我们这一生寻找来寻找去都在寻找什么呢？她问树木是否见过他。她沿着一条长满小草、只露出两条车辙的小路往前走，走在樱桃树下。老天爷啊！她是多么孤独啊！她抬起眼睛，发现什么也没有，一个人也看不见。只有她自己的小影子，在略微偏左的地方，在她前面的草地上。于是她回头往自己的身后看，从上面看，只见村庄连同那些屋顶渐次变低。但那些屋顶无足轻重。苹果树、胡桃树、梨树，所有那些栅栏、铁路、火车站，全都无足轻重。越往高处走，看到的水面就越宽，水后面的山脉在热空气中摇晃，就像是准备起飞的气球。所有这一切就在你身边，但全都只是暂时的，我们也只是暂时停留在这里，如此而已。她孤单一人继续往前走，跟她在一起的只有她的影子。她看到前面不远处就是葡萄园，有三个男人在那里等她。墙后面就是葡萄园。要从墙上的一个门洞进入葡萄园，门洞上拴着一扇红色的铁门。她看见宽大的锯齿状叶子，美丽的绿色叶片上布满蓝色的雨点，仿佛下过一场蓝色的雨。蓝色的雨落在地上，落在石头上，落在葡萄架上，这与我们又有何干？她看见她父亲和两个兄弟背着铜药箱，戴着大草帽。他们的胡子像尚未干透的墙渣，胸膛像砖墙，裤子像水泥管。他们看到她时，说了一句"啊！你来了"，然后去洗手。没有别的话。她把篮子放在墙头上，掀开盖在上面的白布，取出两瓶喝的放在阴凉处，准备好刀子和杯子，然后等他们回来，因为他们没有盘子，只能将就一下。这就是我的父亲。他们回来了。他们洗完手回来了。这是我的父亲和我的兄弟，他们什么也没说，因为他们没什么好说的。他们什么话也没跟她说，而且已经饿了。他们并排坐在墙头，彼此之间保持着一定的距离。他们仨坐在墙头上。可以从他们三个人脑袋之间的空隙看到湖面。他们的脑袋间有很大的空间，可以容纳所有即将到来的事物，即将到来的事物是令人讨厌的风，以及风中的一只苍蝇和一只黄色或白色的蝴蝶，或者是一条帆船。她在找寻什么呢？因为他们在这里，但他们在吃东西，因为他们饿了。他们用刀切面包，然后切奶酪。他们用刀将食物送进嘴里，然后放下手，与此同时，他们的下巴在动。他们让下巴从上到下运动，自己却不动，他们什么话也不说。他们的脑袋向前垂着，手臂和腿也都垂着。他们好像不存在一样。哦！到底怎么了？到底怎么了？到底发生了什么事，为什么我们无论到哪里都找不到一个肩膀靠一靠？她在他们的肩膀之间看到水面，除此之外什么也没有。她在他们的头顶周围看到水面，除此之外就什么也没有了。哦，这就叫咫尺天涯吧！他们在那边，我在这边，他们吃着面包和奶酪。她看着湖水：咫尺天涯！她看见风，她看见树：咫尺天涯，咫尺天涯啊！然后，在远处，布尔多奈特河在悬崖和冷杉下形成的宽阔河湾尽头，突然出现了一片沙滩。他一定在那里，他就在那里，而我却不在他身边。莫里斯在那边，而我在这里，哦，咫尺天涯！另一种咫尺天涯。她低下头，她再也没有办法看下去，她再也没有力气了。那边的父子仨，他们什么也没看到。他们不明白，他们是我的父亲和兄弟，因为我们无法理解彼此，因为我们只是被放在了一起才彼此相邻，因为我们无法沟通，因为我们是独立的个体，独立的个体，独立的个体！因为他们是他们，他是他，我是我。我以为他和我，我们可以……我曾经拥有一切，因为那个时候他还属于我……一切都飘散如烟。她费了很大的劲才没让自己哇的一声哭出来，但他们还在继续吃吃喝喝，他们什么也没有察觉到，什么也没有看到，什么也没有听到。他们互相传递着杯子，咂着嘴巴。他们用嘴唇抿去胡子上的东西，然后起身。而我，我该去往何处？

他们重新背起铜药箱，走到储水池旁用长柄勺舀水。她把瓶子、刀子、玻璃杯放回篮子。现在去哪里呢？我在找寻什么，我到底在找寻什么呢？

她再次从樱桃树下走过。此刻，她的影子在她的后面和右边。这是唯一的区别，改变不了什么。你的影子会围着你转，直到你死的那一刻，如此而已。

她走进村子。有人跟她打招呼，她回应，如此而已。这个世界上的人对任何事、任何人甚至对自己都一无所知。然后，她突然停了下来。突然，她还是发现了一件事，那就是鲁日走在她前面，然后拐进了一条小巷。她心里仅存的那点好奇心驱使着她尾随在他后面。

她看到他走到了那几间工具房后面，那个意大利小鞋匠工作的作坊就在那里……

那时村里的人们都在葡萄园施药，所以鲁日没有遇到或几乎没有遇到任何人。除了在沙滩上的几个孩子，加上在佩兰家门口的水边的两三个女人，但她们都背对着他，正在洗衣服。他没有发现艾米莉。他穿过工具房后面的路，一直走到一扇有水泥框架的大门的前面，门上方挂着一个牌子，上面写着"修鞋"二字，白底黑字。鞋匠是一个意大利老头，鲁日认识他，因为经常看到他在村子里溜达。老头留着白胡子，穿着罗马式的长斗篷，斗篷的一角披在肩上，在脖子周围弄出很多皱褶。他叫罗西，鲁日跟他很熟。罗西因为腿骨折，两个月前就被送进医院了，那个驼背只是他的工人，是罗西出事前不久才来的，所以鲁日对他一无所知，也没人知道他的具体情况。有一天，他带着手风琴出现在米利凯的咖啡馆那里。有人说："他拉得真好。"他又回到那里，有人说："像他这样的人不多了。"后来萨瓦人与他的那场纷争发生了，之后人们就再也没见过他。他是从哪里来的？没人知道。

今天，鲁日敲了鞋铺的门，但他知道是另一个人在里面，因为他在经过时透过玻璃窗看到了此人。还能听到锤子敲打在皮革上的声音，然后那个声音停了下来，同时有人喊："进来！"

那人坐在一个矮凳上，他不可能坐在有靠背的椅子上，因为他的头向前倾，无法抬起来或往后拉。只见他把头转向你，他那两只漂亮的眼睛一亮，然后又暗了下来。他再次举起他的圆头锤在黄铜钉上敲击着。鲁日向前走了两步，放松身体，把手插进口袋，说：

"我来这里不是找你修鞋子，干我们这一行的人不怎么费鞋子。我们更费自己的脚皮，自己脚上长的皮……"

他一上来就拿那张工作台和摊满工作台的各种工具打趣，台子上布满了皮革碎片、钉子、小罐松脂胶、皮刀、锥子。他对自己正在看的各式各样的物件说话：

"所以我不是来找鞋匠师傅的麻烦，先生……"

他试图说出鞋匠的名字，但他发现自己并不知道。

"因为大家都说像你这样的人本地找不出第二个了，我也赞成，而且我是第一个赞成的……你可能不知道……"

他看着驼背，驼背也看着他，但很费劲，因为鲁日一直站着。

"是在萨瓦人对你动粗那件事发生之后。啊！你知道，大家都觉得很遗憾。但我们还是希望……我当时不在，是她……你一定记得，朱丽叶特，朱丽叶特小姐……"

驼背没有说话，然后站了起来。背部的重量使他的身体往前倾斜，所以他站起来很费力。

他站起来，没有说话。他走向朝着隔壁房间的第二扇门，消失了一会儿，然后又回来了。这时鲁日说：

"啊！哦，太好了，我看你的乐器没什么大碍，但也是因为你手巧……找风箱上的皮费了不少事吧？还有胶水，是不是得粘牢……啊！它还是很好用……哦，它跟以前一样好，祝贺你……哦，她会很开心的……"

然后，他停了下来，因为他没法让对方听懂自己所说的话。

"我还没告诉你，先生……"

他不得不停止说话。

"是她派我来的……"

对方的手指在螺钿琴键上迅速地上下飞奔，然后双手压在风箱上弹出一个和弦。

"她想听……是的，想听你的音乐。她让我来问你是否愿意过去。她很想听。在她的家乡……"

他改口说：

"总之，不是她的家乡啦，她真正的家乡是这里，她姓米利凯，和她叔叔一样，没有哪个姓氏比米利凯更像本地人的姓氏了……但是，她是在那边出生和长大的，在那边他们时时刻刻都在演奏音乐，在跳舞……据她说，在那边，他们更多是弹吉他，他们的乐器主要是吉他，但她说你的很多同胞都在山里的铁路上工作，他们也弹你弹的这种乐器……要理解她……她还没有完全适应这里……"

他再次被打断了。音乐重新开始。

先是高音小音符，然后是低音，就好像是一个蜂巢被打扰了，有人来偷蜜。鲁日被卷入其中，音乐从四面八方扑向他的脸。他再也听不见自己说的话了，他必须等一会儿，然后他又听见自己说：

"就像船帆，你想象一下，她嘲笑我们的船帆，因为我们的船帆是用帆布做的。在她老家那边，用的是编织的帆，就像编织的辫子一样，是用酒椰叶编织的，而且是方形的。她嘲笑我们的船帆，因为我们的船帆是尖的，是白色的……那个地方叫圣地亚哥。但在那里生活也非常舒服，因为那是一个港口，也有很多水，所以她会划船，会钓鱼，会游泳。我心里想，那些她都可以在这里重新找到，除了音乐……"

一个轻柔的音符长时间保持着，然后又有两三个音符在上面小步快跑，就像老鼠在天花板上小跑一样。

"但如果你愿意来……因为她……因为我邀请你，

当然是我邀请你。我们可以一起喝一杯……她会非常开心的……"

轻柔的乐声还在继续。

"你不像他们其他人……你跟他们不是一类的。那些人都是强盗……那个萨瓦人,那些男孩……你不是,你跟他们不一样。"鲁日说道。在他说话时,那些绵绵不绝的轻柔音符似乎盘绕在他的话语周围。

"我信任你……另外,我希望你稍微提防一下,不要让人看见你来我家。最好让德古斯泰过来接你……今晚怎么样?我们给朱丽叶特一个惊喜。我确实和她说过我会来找你,但她不知道我已经来了……你可以出其不意地给她弹首小曲……"

他很高兴,开始笑了。

"你愿意吗,那就这么说定了……今晚。我会派德古斯泰来接你……"

对方再次费力地抬起眼睛看着他,他的眼睛亮了一下,然后又暗了下来。他只是点了点头,乐声再次在天花板和地板之间爆发,然后像玻璃一样碎成成千上万个玻璃碴,落在你周围,就好像你在一个所有玻璃窗都坍塌下来的温室里,在工作台前面,在小罐子、锥子、圆头锤、切割刀和皮革碎片前面。

鲁日往后退了两步后,驼背点头表示答应他的请求。

那美丽的风箱张紧、松开、扭曲、揉松,最后终于皱了起来,一边细密地折出许多小褶子,另一边则光滑圆润。

"非常感谢,"鲁日说,"那么今晚见……你忙你的吧,不用送了。"

没有人送他。鲁日打开门。现在,音乐从墙的另一边和窗户后面传来,它仍在不断地传过来。他往前走,音乐跟着他。音乐一直跟随他走进小巷,到了那里之后才开始解体、散开,逐渐在空中消退,最后在他身后消失。他在阳光下疾步前行。那些麦秆在尘埃中像金表链一样闪闪发光,真美啊!屋顶边缘投下的阴影也很美,那种阴影只有路边才有,它们被划得十分精确,如同用尺子画的一样。

然而,在拐角处,他稍微碰到了米利凯的露天咖啡座和悬铃木投下的阴影。悬铃木终于长出叶子,但那是所有阴影中画得最差劲的,而且占用了太多空间。他还想向米利凯表明,他并不是为他而来。他要让米利凯明白自己并不怕他。鲁日紧贴露天咖啡座的角落走过。他紧挨着铁栅栏走过,通过栅栏间隙可以看见绿色的桌子,然后可以看见米利凯。可以看出那是一个咖啡馆,而今天唯一的顾客就是老板本人,如果他乐意,他可以自己给自己提供服务嘛!

"嗨,"鲁日喊道,"你在休假吗?"

然后，他听到对方叫他，但他没在那里停留，只是朝侧面抬起手臂，仿佛在说"下次吧"，他的意思是"今天我有更重要的事情要做"。

因为是真的。今天，他有更重要的事情要做。

"鲁日，你听着，我有重要的消息要告诉你……"

"好的，我的老伙计……"

"一个重要的消息……"

"好的，老伙计，改天吧……"

"女士们，你们听见了吗？"他对洗衣服的女士们说道。当时他正从她们身边经过。

她们正跪在洗衣盆旁边，她们转过头来。"你们听见了，是他在求我。祝你们度过愉快的一天，女士们……"他接着说，"今天天气太好了，不能浪费……"

"再见，女士们。"

她们用一块方形马赛肥皂在洗衣板上摩擦着。对她们的手来说，这肥皂也太大了，但她们最终还是能将肥皂角磨掉，使肥皂变小。她们搓出白色的泡沫。在蓝色的水面上，有天鹅，也有其他的白色斑点在飘荡。鲁日从她们旁边过去了。

回到家里时，他没看到她，因为她在自己的房间里，但这很好。中午用餐时，她终于出来了，但她什么也没说，这很好。她不说话，这很好。她又显得心不在焉，这很好。她看起来很伤心,这也很好……

"现在,我知道原因了,"他想,"我会给她一个惊喜……"

过了一会儿,他对德古斯泰说:

"听着,德古斯泰,你去铁路咖啡馆,跟他们要两瓶艾格尔葡萄酒……不,要六瓶……就拿半打吧。包里装得下。拿半打艾格尔23号酒,因为那是最好喝的酒了。你还记得吗?去年我们和佩兰一起喝过一瓶,当时佩兰打赌打输了……还有,听着,德古斯泰,你一拿到酒,就从后面的小巷走……你知道罗西的鞋铺在哪里吗?那好,你只需走进去,小驼背会在那里等你,他会过来给我们拉手风琴……我已经和他说你会去接他,因为最好不要让他独自一人过来……你把他和酒一起带回来,路过米利凯家时不要客气,反正你要从那条路走……你甚至可以让酒瓶的瓶颈从袋子里露出来,他看到了会更加恼火。既然我们要开晚会,就不要错过这个机会……你懂的,她感到无聊,这很正常,她在我们这里过着老人一样的生活……尽管我们还没老到那个地步,我们还不是真正的老朽,彻头彻尾的老朽,无可救药的老朽……对吧,德古斯泰?"

黄昏时分,他们在工具房后面补完了渔网,德古斯泰跑去水边用肥皂洗手。

他走到沙滩边，蹲在卵石消失、出现狭窄的沙滩边缘的地方。小浪不停地在那里上上下下，就像小女孩在斜坡上玩耍。

一个小浪涌了过来，德古斯泰用双手将它接住。

肥皂很难起泡，也不能快速起泡，因为湖水非常淡，缺乏黏性。

搓出泡沫需要时间，把手套重新洗白更需要时间。

德古斯泰让那几波小浪涌过来然后又退回去，下一个浪过来时他再上前用手接住，用它来冲洗双手。

他去拿袋子。鲁日给了他一张大钞，那是买酒的钱。

然后，鲁日就在那里等着。他在门前来回踱步。他来来回回走了一会儿。突然，他似乎想到了什么。他走进屋子，仿佛有很要紧的事。事实上，他确实有要紧的事。他得把放在衣柜最里头的那套衣服找出来，那是一套蓝色啥味呢①西装，他已经很久没穿了。幸运的是，他不需要点煤油灯，因为室内光线还够亮，他看得见打领带。他对着挂在窗框上的一面铝框小镜子，粗笨的手指在硬布领子下和丝绸领带中间忙得不亦乐乎，因为厚厚的绸带缠在一起没办法理顺。他在杂乱的物品中，在灰尘中，在脏乱中忙活着这些，房屋翻修时他自己住的那

---

① 用苏格兰切维厄特山区产的切维厄特羊毛生产的一种呢料。

个房间原封未动,他没碰过里面的东西。

但目前最要紧的是他要及时准备好。他及时准备好了。他甚至还有足够的时间去迎接即将大驾光临的那两个人。天开始变暗,因为天空被云层覆盖了。不过,他仍然能辨别出两个男人的身高差异。他也看见了手风琴在防水布套中隆起的样子,在驼背的胯骨上方也有一个隆起的东西。鲁日远远地向那两个人示意,叫他们等一下。这时,在一片绿色的天空中,在西边的两朵云之间,可以看到一颗苍白的小星星。鲁日走上前去,对他们说:"啊,太好了,我看你们俩都特别靠得住……"他对驼背说:"你真是个好人,真正的好人……谢谢。只是,我想告诉你……喂,德古斯泰,你买到酒了吗?"

既然德古斯泰把酒也买回来了,那就万事俱备了。"听着,"鲁日对德古斯泰说,"这些酒暂时由你保管,你可要保管好了。不能让她听到我们的脚步声。待会儿我们两个待在渔网旁……你呢(这次他不是在跟德古斯泰说话),你要轻轻地走过去,坐到长椅上。当你全都准备好了,再开始拉,完全准备好之后你就可以尽情地拉了……"

他们俩都遵照鲁日的吩咐去做了。她肯定没听到驼背进去的声音,因为他特别小心翼翼。我们呢,我们的声音她也听不到。鲁日先前出来时已经把厨房的灯点亮了。灯光在门口的石块中间照出一个明亮的方形区域，只见驼背走到那边坐下。他一半在阴影里，一半在亮光中。在这个入夜时分，他身上夹带着一点夜的气息。只见他小心翼翼地坐好，拿起手风琴，将它放在膝盖上。他打开手风琴袋子上的扣子时，动作很温柔，就像母亲给孩子脱衣服一样。他没有马上就开始拉，因为可以看见他先是若有所思似的抬起头，然后让手指在琴键上漫无目的地跑了一会儿……

无须赘言，他有音乐天赋。（德古斯泰懂音乐鉴赏）高音、低音、旋律、和弦，所有这一切顷刻之间便迸发出来了，就像开炮一样。而且他很节制，这是不常见的。好吧！看他那副模样：麻秆一样的胳膊，骨瘦如柴的手，身体……你知道的，那是一副几乎可以忽略不计的身体。尽管如此，他身上蕴藏着一股足以让全世界起舞的力量。正如我所言，他可以把湖对岸的波浪吸引过来，而且这些波浪并不是想来就来，或者按它们自己想要的方式过来，而是在他希望的时候、以他希望的方式过来。他先是用一段三拍子的小序曲和一支舞曲开场，之前鲁日跟他交代过："尽量弹她熟悉的曲子，她老家那边的曲子，她故乡的曲子。"所以刚开始时他弹了一首曲子。然后……

德古斯泰和鲁日都没有动。他们就在原地，所有的一切都尽收眼底。他们先是看到一个影子出现在窗框中，出现在白色的窗帘上，影子在那里移动，一忽儿变大，一忽儿变小。影子变大了，白色的窗帘上只剩下一个脑袋，然后脑袋变小了，紧随而来的是肩膀。那里也在做着一番准备，因为现在是两只手举起，举向脸部和头发；然后整个影子变形，失去了形状，变得更长更瘦，而外面的那两个男子依旧待在原地一动不动。眼下手风琴在玩着音阶，一连串清脆的小音符从手指间流淌而出，就像人们把项链放在手里晃动，让它从手指尖滑落，用这种方式来展示它的美一样。鲁日和德古斯泰依然没有离开他们所在的位置。她还没有出现，他们在等着她现身。这时，鲁日问："那几瓶酒呢？"那几瓶酒还被德古斯泰背在背上呢。德古斯泰甚至没想过要把背包卸下。"天哪！"鲁日说，"得赶紧把它们拿去冰镇一下。"他从德古斯泰手里接过背包，走向水边，边走边回过头对他说："你快去准备杯子。"他弯下腰，将那几瓶酒平放在沙地上。只有一些温和的小浪，像今晚这种风平浪静的天气才会有这种浪。鲁日弯腰蹲下，将六瓶酒一瓶挨一瓶地摆好。德古斯泰刚进厨房。坐在长椅上的驼背头也没有抬一下，相反，只见他低下头，将脸颊贴在乐器的平面上摆动，这个动作持续了片刻，然后突然中断，过后他又以更短促、更明显的节奏重新开始摆动。德古斯泰正在橱柜里拿杯子……

大家没有听见她开门的声音，也没有听见她走过来的声音，因为她的身子太轻盈了，走路时轻盈得好像双脚没有踩到地面上。只有裙子的窸窣声，仿佛一只美丽的蝴蝶用翅膀轻触你；仅有织物的沙沙声，但这声音还是让德古斯泰转过身来，然后他就站在那里，手里拿着玻璃杯。这时，鲁日直起身，手臂垂在身体两侧，门口射出来的灯光照在他身上，照在他那套漂亮的深蓝色咔味呢西装、白领衬衫、领带和浓密的胡子上。

她比以往任何时候都更加光彩夺目，简直让人认不出来了。

首先需要做的是……该怎么说呢？……首先需要做的是走到她站立的地方。以前，有很多事情要做，但现在在她所站立的地方，只剩下一件事。以前，事情都是分开进行的，互相之间没有联系，你永远只能处理一件事，但现在，所有的事情都在那里，就好像它们合而为一了。可是该怎么解释才能让别人明白呢？这真的需要解释吗？这真的是他们脑瓜里所想的东西吗？这真的是在帽檐下，头骨下的脑瓜里——唉！这头骨已经永远地粘连在一起了，在德古斯泰剃得很短的头发下，在鲁日几乎变白且稀疏的头发下的脑瓜里所想的东西？只见他们俩都没有动，谁也没有动。德古斯泰手里还拿着坡璃杯。只见鲁日垂下手臂站着,他身后的灰色沙地上隐约可见那些酒瓶的黑色轮廓……

那美丽的皮质风箱被紧紧握着的瘦弱的小拳头攥着,它突然停止了收缩运动。她的裙子又在她的腿周围旋转了两三圈,然后她把整个脑袋朝后仰过去,甩开了那一头重重的头发。

一切都静止了。只听见寂静袭来,如同世界末日降临。动作的停止仿佛生命的终结。一切都消失了,只剩下一片巨大的空虚,大家坠入其中。大家还在不断地下坠,下坠了很久很久,然后不得不回到另一种生活,回到往昔的生活。

鲁日本以为自己会鼓掌,但他没有鼓掌。

他向前迈了一步,笨拙地往前跨了一步,然后说:"嗯,你看。"他说:"嗯,你看,全都好了。"她呢,她不知道该做什么。她呀,她已经不再是她自己了。她的呼吸很急促,很费力,很困难,德古斯泰把手中的玻璃杯放到桌子上。

玻璃杯放在桌面上时发出轻微的声音,鲁日听到杯子的声音后如梦初醒:"德古斯泰,把桌子挪到一边,给我们腾出一些空间……帮我一下。我们一起把它推到我那间卧室的门口……"

两个人把桌子挪到了一边。

然后，鲁日说："现在，赶紧把那几瓶酒拿过来！"他回来时，两边腋下各夹着一瓶酒。

另一种生活重新开始，在这种生活中，我们身不由己。

他打开酒瓶。他不敢再看她。她靠在墙上，等待着。她露出闪亮的牙齿微笑着。他不敢再看她的牙齿。他忙个不停，做着各种手势，打开两瓶酒，问德古斯泰："有四个杯子吗？啊！我们的杯子不够多……"然后他朝乌尔班喊道："喂！乌尔班先生，你不过来吗？我们都在等你……你不过来跟我们一起喝一杯吗？……"

他给玻璃杯倒满了酒，这是一种略带绿色但清澈透明的金酒——在我们卑微而又可怜的生活中，我们至少还有这种好东西。

他举起满到杯沿的玻璃杯说：

"为你的健康干杯，朱丽叶特小姐。祝你健康好运。"

她也举起了手臂。这时，他却将目光转到了一边。

这是一款不错的小酒，它清爽，透彻，味道纯正；它温暖，能说话。但他不敢再说下去了，他不敢多说，尽管他还为驼背的健康干了杯，因为驼背也加入进来了。

德古斯泰在喝两口酒——喝的时候他那瘦弱、被大胡子覆盖的脖子往后仰，突出的喉结宛如尖锐的石头——的间隙，注视着鲁日穿在身上的那件漂亮的蓝色啥味呢西装、白色衬衫和系在脖子上的丝绸领带……

不过,就在那个晚上(现在这样的夜晚已经变得稀松平常,只剩下这样的夜晚了),她被房子大门开启的声音吵醒了。她听到有人在卵石上来回走动。

她待在漂亮的新房间里。出于谨慎,她没有点灯,但那天晚上有朦胧的月光,月光透进来,照在她的床上。一轮非常苍白的月亮飘浮在两块云团的罅隙之间,就像飘浮在可能会飘雪的海峡两岸之间一样。借着稀薄的月光,她可以清楚地看见房子外面的那个人是谁。她只需轻轻拉开窗帘。是鲁日。鲁日光着脚丫,头上也是光的,没戴帽子。他只是在匆忙之中穿上了裤子,衬衫还是敞着的。他拿着从博罗梅那里借来的那把猎枪。很显然,他一定是听到了什么动静。长长的抛光的钢枪管在月光下熠熠闪光。

他先是朝去村上的那个方向走了一段,然后又折回来,从窗前经过。后来,他一定朝着芦苇地和悬崖的方向走远了,因为她听不见任何声音了。

第十一章

莫里斯让自己缓缓地滑到鸡舍的顶棚上。他的双手吊在那里,任由自己轻轻落到地上。早在十点钟之前,那座粉红色大房子里的一切就已经进入梦乡,男主人和女主人占据了那张很有年头的胡桃木双人床,仆人们睡在冷杉木或铁制的床上,按周雇佣的临时工则睡在麦秸上。莫里斯用鞋带把鞋子系在脖子上。他的房间朝着屋后。窗户虽然会吱吱作响,但没有人会听见他的声音。他先将一条腿跨过护墙,然后是另一条腿。他落在了安装于钢筋混凝土支柱之间的那排栅栏旁边。他父亲布塞镇长喜欢坚固耐久之物,木质饲料槽被铁制的替换,谷仓里安装了电动机,他还购置了机械捆扎机。他们紧跟所有的进步潮流……

与此同时,德古斯泰开始为鲁日提到的那件事感到担忧。小莫里斯·布塞正从他家的窗户溜出来。鲁日已经把德古斯泰叫到一边,告诉过他晚上有人在沙滩上转悠。

德古斯泰差点就耸了耸肩,但不久后,他不得不承认鲁日可能没有搞错,事情并不像自己想象的那么简单。当时,德古斯泰正跟驼背在一起(他已经是第三次或第四次像这样送驼背回家),他似乎也听到了有人在树下走动的声音。

德古斯泰和驼背沿着水边,刚走到冷杉林前时,他觉得听到了脚步声,好像有人在跟着他们。他没有说话,驼背似乎什么都没有察觉到。那是一个漆黑的夜晚。德古斯泰甚至没有停下来。他确实感觉到有人还在跟着他们,但始终看不清,因为天空所有的光源依然隐藏在厚重的云层后面。

直到稍后,当德古斯泰独自一人时,他才听到有人靠近。这一次,脚步声更加清晰,从他正在穿行的小巷传来。脚步声随后停止了,他明白有人在等他。刚开始他什么也看不见,然后发现有个人正朝他走来。

"啊!是你呀,莫里斯先生。"

那是我们镇长的儿子,一个非常有教养的年轻人。看不见他,只能看到他那顶白色的草帽。

他脸色苍白,身材瘦削,那是因为读书读的。他的镇长父亲让他上了中学。每天晚上,他都会翻越窗户,滑到鸡舍的顶棚上……

尽管小巷空无一人,老练的德古斯泰出于谨慎,还是抓住莫里斯的手臂，将他带到了工具房后面。那个地方只有干草、麦秆、农用机械和工具，至于活着的生物，就只有老鼠和猫了。这个时候，那些猫还愿意做自己的本职工作，没被在月光下的果园里遇见的东西吸引过去。这里没有耳朵偷听，至少没有能听懂人话的耳朵，没有能把你认出来的眼睛，因为要是被人瞧见，就百口莫辩了。所以他一开始就把莫里斯拉到墙后面。他回答莫里斯的请求说：

"哦！莫里斯先生，你想都不要想……他会发疯的……你知道，他有一把枪……是从博罗梅那里借的……如果你过去，他可能会朝你开枪……最近几天情况变得很糟……哦！驼背是个例外，但鲁日说驼背不算数，我想是因为他的背驼。当然，还有我，但我只有一只眼睛……你懂的……你吧，你有两只眼睛，你的背也不驼。"

只听见莫里斯的声音响起：

"那我该怎么办呢？"

"说老实话，"德古斯泰说，"我不知道。"

然后又听见莫里斯的声音：

"因为是为了她，我们不能让她继续待在那里了。他们不知道她是谁，他们看不出区别……是的（他在犹豫，压低了声音），是的，或许是因为你，所以我来找你。我想我们能相互理解。我晚上去听音乐，她有时会出来，我可以看到她，你懂的。音乐和她在一起是那么和谐，你，你能理解，但他们不会理解，我父亲也不理解。作为镇长，他将不得不处理这件事，而且他今晚在餐桌上说到了这个问题，他说如果米利凯起诉，他们将不得不进行调查。他还说，像这种情况，有专门收容这种女孩的机构，他们会派警察过去把她带走……"

"这样会酿出大祸的。"德古斯泰说。

"正是因为这个……我们该怎么办？好吧，我告诉你，我想到了一个办法。如果你愿意帮忙，我们能不能让她离开这里？我们还是有几个人会过问这件事的。亚历克西愿意帮忙，还有博罗梅，或许还有你……我在布吉有一个独居的老姑婆，我可以请我姑婆收留她。你可以帮我们一把……三个星期之后就是百合花节，她能来就太好了。哦，如果她来了会很热闹的。而且那是个绝佳时机……"

"那驼背怎么办？"德古斯泰问。

"他和她一起去，陪着她。而且后面他总能去布吉看她，那里离这儿不远。我呢，我会说服我姑婆，让她主动收留她。她是我爷爷的姐姐，她很喜欢我，总是照我的意思做……我们肯定能把这件事安排妥当。如果你愿意帮我们一把……因为没有你我们什么也做不了，而且实际上只有你能把全部的事情都办妥……"

接着出现了一阵短暂的沉默。德古斯泰借机伸手摸了摸帽子下面被剃光了头发的后颈，然后说：

"说实话……我，我怕的是鲁日……而且我也觉得……是的，那样做会很可惜……"

说完又出现了一阵短暂的沉默。

"我们再看看吧。"

一阵短暂的沉默。

"只是，你得交给我来处理，可以吗？那个节日是在什么时候？……啊！是8月的第三个星期日……那就是15日……只要警察15日之前不去带人走就没事，但他们不会那么早去的。这种类型的调查是需要时间的。难就难在要让鲁日在那之前一直保持冷静，因为在这件事情上他很固执。但我和博罗梅可以劝他……还有你，以你的身份……还有驼背……我们会尽力的，莫里斯先生。"

两人说的其他话在这堵没有窗户的混凝土砖墙下消失了，砖墙上方只有皱巴巴的深棕色包装纸似的天空。而在米利凯的咖啡馆大堂里，可以听到米利凯的声音，随后有笑声回应，然后又是米利凯的声音，但回应的笑声更大。尽管如此，他们正经历一段困难、动荡的日子。因此，德古斯泰回到在村里租的小房间后，那一晚他几乎彻夜未眠。他和衣倒在床上，绞尽脑汁地想计策……

接下来的四五天，天气都很糟糕，他们没出去捕鱼；然后好天气又回来了，但他们也没有增加出去捕鱼的时间。

鲁日有时会走到船边。别的时间，他会通过渔警小道沿着布尔多奈特河往上走。他从不离开太久。

然而，必须说，他走到哪里都没发现任何值得担忧的事情，而且这两三个星期以来，水边一带变得异常冷清。

这是因为乡下进入了农忙时节。我们这些人虽然逐水而居，但我们只是少数。大多数村民都背对水面，在土地上劳作，他们背对水面也背对着我们，这形成了一种隔阂，而且土地需要他们，土地越需要他们，这种隔阂就越深。已经过了割草的季节，现在是收获的季节，喷洒硫酸铜的工作也在进行中。学校放假了，但连孩子们也不再来这边，因为他们从八九岁起就开始给大人当帮手了。四月、五月甚至六月，或六月初，情况不同；然后农忙季节来临，它召唤你，叫你去有红豆草和开花的三叶草的地方，三叶草在挥舞的镰刀前宛如夕阳。农忙季节召唤你，叫你走进本地的红小麦和白小麦田中，走进感染了霜霉病、白粉病和有虫害的葡萄园中，走进山上和山下的田野、草场甚至是果园。果园里有一两个蜂箱，还有许多需要架一副长梯子的樱桃树。最多只是在周六或周日晚上，或者在特别辛苦的一天之后，男孩子们才会来到他们专属的地方游泳。女孩子们也有她们自己的地盘。鲁日巡视时，只遇到了一些徒步的游客，一些从这里路过的人，他们远道而来，都是陌生人。最后，他终于放心了。

无论如何，她在这里，这才是最重要的。她呀，她在这里，与我们同在，其他的东西都不是那么重要了。他再次确认她是否真的还在这里，然后所要做的也许就是保持冷静，因为不应该要求太多。一连几天，他都保持十分的冷静。天在下雨。又一次可以看见雨幕像挂在晾衣绳上的床单一样悬挂在湖面上。天空变得暗淡无光。她也暗淡无光了。她不再发光。她变得灰不溜秋。有一日，她闪耀着光芒，然后就不再发光了。她躲进了她的黑色小裙子里，静静地坐着，手扎着下巴，肘部撑在膝盖上，看着雨幕。天空隐藏了其所有的美丽色彩，让人疑惑它是否还会再次出现，因为它需要重塑自己。而她，也许也结束了，因为她也曾塑造过自己（或许是别人塑造了她）。现在需要竭力保持冷静。他走过去坐在她旁边。必须灭掉自己心中那些不可能的东西。他坐在她旁边的长椅上。由于有屋檐遮挡，雨水淋不到他们。浪峰携着一个裹挟水草和死鱼的巨大波浪,沿着一条光滑的绿色斜坡将它们的残骸抛向你这边,然后就是浪花飞溅的景象。你绞尽脑汁地猜着波浪会冲到沙滩上的哪个位置,它们你追我赶,但你永远也不知道哪一个会冲得最远。"这一波会冲到我的鞋尖吗?"你如此寻思,但实际上它根本碰不到你。通常是最小的波浪最有可能碰到你。比方说,从岸边开始数的第三个。"朱丽叶特,我们赌一个怎么样?"就像赌马一样。她说:"我选第四个。"她似乎觉得这个游戏很有趣。也许这样就够了,永远够了,就像这样,两个人一起坐着,看着巨大的波浪在你的眼皮子底下摔碎那些厚玻璃瓶,那些波尔多葡萄酒瓶,听着那些瓶子碎片在你周围的卵石上发出叮叮声。而在远处,他们正在放炮。咚!他们在悬崖下架了两三门大炮,他们给炮编了号,于是你听见的就是:"一号炮,开火!……二号炮,开火!"在村子另一边的德囊斯和雷当热也能听到回声,但声音更沉闷,不是那么明显,就像肖维太晚回去,用脚踹房东老太太家的门时的那个声音一样。那踹门声在米利凯家里都可以很清楚地听见。九点钟,老太太家的门都关了。肖维呢,他先是用拳头砸,然后用脚踹。但老太太在百叶窗后面说:"踹吧,你就使劲地踹吧,你有的是时间,这会让你长记性的……"就这样,波浪在碎玻璃声中,在人们开炮的时候,冲向雷当热。也许，这就是他所拥有的一切，永远，他可能永远不会再拥有别的东西了。但至少有她在这里，他看到她就坐在自己身边。于是，他指着天上的一个地方让她看，那里有一个洞，就像在墙上开了一个窗一样，周边有一些碎石块突出来。

"啊！朱丽叶特……朱丽叶特，"他说，"好天气来了……上面又开始吹东风了。"

只见她抬起头，朝他指着的方向看去。云层像岩石块，有的是黑色或板岩色，有的是棕色并带有灰色脉络，一块接一块地往前翻滚，然后一起崩塌在山上，就像山崩一样。她看到天空中正在进行一场激战，天空在不断地变化。在大地上，风携带着大团软软的气流，像用两只手往前推气球一样，冲向你的脸和身体，但天上已经开始吹东风。鲁日说：

"明天天气会非常好，那会让你开心，不是吗？你好像不太喜欢下雨天。朱丽叶特，下雨让你闷闷不乐……"

他站起来，在房子周围走了几步，习惯性地查看了一下四周，但总是一个人影也没有。只有德古斯泰在那里，德古斯泰觉得应该抓住这个机会。

"听着，老板，天气变好了……我们明天去捕鱼怎么样？我在想，鱼儿是不是也像我想念它们一样在想念我……无论如何，渔网都盼望着下水，干燥对渔网不好……"

鲁日暗忖:"得想办法让她散散心。"

他回答说:"是啊,为什么不呢?明天或后天。如果你愿意,那就后天吧……"

只不过第二天那个老家伙就来了(因此他们既没有在第二天,也没有在第三天,也没有在之后的任何一天去捕鱼)。

那个小老头穿着灰色的工作服(他既是镇里的书记员又是乡村警察),里面是粗布衬衫,领子没有上过浆,但非常干净。他下面穿着一条蓝色的人字斜纹布裤子,头上戴着前面卷起的黄色稻草帽,类似那种巴拿马草帽。

"我来给你送传票,鲁日先生。"

他腋下夹着一根刺树做的手杖,那是他的职权的标志。鲁日问:

"传票?"

"是的,法官大人发的传票……是关于那个调查的。"

"什么调查?"

"因为米利凯先生起诉而展开的那个调查……因为诱拐未成年女孩……"

鲁日说:

"啊!"

他的脸涨红得像是脖子被人勒住了一样。

"啊！好，好……是在什么时候？"

"下周三。"

小老头从工作服内侧的口袋里取出了文件，那口袋是他妻子特意为他缝的。

呈送渔夫儒尔·鲁日……下周三（8月11日）上午十时……

"啊！"鲁日再次发出惊叹。

然后他脖子侧面的那根粗筋突然紧绷起来。

"照这么说，你也……你……"

但德古斯泰已经抓住了他的胳膊。那个小老头一点也不慌（显然他已经习以为常），他对鲁日说：

"鲁日先生，你想怎么样？这是我的差事，是我们这种人的差事。再说了，你也得明白，这不过是一张纸……又多了一张而已。"

这时，驼背只需向朱丽叶特做个手势。他对朱丽叶特说："你想出去走走吗？"

那一天他是下午到的，鲁日已经去村里了。他只需利用这个机会。朱丽叶特用下巴指了指德古斯泰，驼背说：

"哦！不用担心……我会向你解释，但不是在这里，因为这里不是我们自己的地盘。"

"哪里是我们的地盘？"

"你会看到的。"

驼背说着一种奇怪的语言，她几乎听不懂他在说什么。

他费力地从平石板和粉红色的瓦片中站起来，把手风琴的背带挂在肩上。他做的第一件事就是拿他的乐器。

她走进自己的房间，然后又出来了。她换了衣服，穿了另一条裙子，肩上披着一条小黑披巾。

德古斯泰似乎什么也没察觉到，看似无动于衷，他背对着他们。

在他们右边是东风在水面上吹出的图画，仿佛一位女士打开她的扇子，一把很大的点缀着银色亮片的蓝色云纹绸扇子。大自然并不关心他们，他们也不会惊扰大自然。他们穿过两堵葡萄藤墙似的芦苇丛，芦苇丛下面是灰色，上面是绿色。芦苇丛一点也不觉得奇怪，也没有受到惊扰。她走在前面，他跟在后面。他现在有两个驼背。由于通道很窄，他不得不把手风琴背在背上。在他的驼峰下面又来了一个驼峰。他们走进了大自然，谁也没有受到他们的惊扰，只是偶尔会听到青蛙跳进水潭的声音。他们来到船边，她停了下来，但乌尔班摇了摇头：我们还没有到达我们的地盘。他指着悬崖。他的手风琴放在那个侧面扣扣子的琴套里。这时,她看着他,然后指了指她面前的水,笑了起来。这是一片美丽的小水域,因为下雨天那种像牛奶咖啡一样的水已经在晴朗的天气里消失了。这是一片布满大个大个金币的小水域,或者说水底看上去积满了很多浅黄色的叶子,那些叶子就像秋天落下的杨树叶。哦!置身其中感觉真好,但你怎么过去呢?因为这水深超过一尺,对我来说这不是障碍,也没什么不方便。她撩起裙子,她已经把裙子撩起来了。他独自一人留在岸边,就像鲁日那次一样,他留在岸边,她则在水里走,水没过了她的膝盖。她时不时回头,穿过在她周围向四面扩散的圆圈,这些圆圈相互交错互相缠绕。小浪相互碰撞,发出啪啪声,她又笑了起来,回头看着驼背。她走在美丽的镜子中,打碎了所有的倒影:一丛灌木、一簇草、沙坡、天空。一棵冷杉在那里摇曳,然后化成黑色的带子飘走,最后那些带子散成缕缕细丝。大地上的事物,大地上的美丽事物,她置身于这些美丽的事物之中,它们逐渐消失,然后又一个接一个地回来,回到各自的位置。然后,她越过那些回归原位的事物,越过一片蓝天,向驼背招手。他只需沿着他所在的河岸往上走。她呢,她将沿着她的岸边走到一个可以涉水而过的地方。翠鸟飞起,在阳光照亮的空中画出一道蓝线，然后又变成一道黑线。他低着头在两个驼峰下前进，在黑土中滑行。可以再次听到河水一边说着话一边流过来，因为此处的水沉默不语，但在再远一点的上游，水是说话的。他穿过沼泽里的草丛和粗壮的白芷，白芷满含汁液的茎秆在他脚下爆裂，让他打着趔趄。她走过去与他会合。她再次向他走去，露出美丽的双腿，走过一块又一块的石头，走向他。她向他伸出手，对他说："是你想带我出来的，你瞧，其实是我在带你。"他的头太大，腿太短，太瘦，所以过河很困难，再往前更困难，而且越来越难。他们到了悬崖的斜坡上，他们到了小小的石壁之间。她时不时在陡峭的斜坡上拉着他的胳膊，穿过满是大蚱蜢的荆棘灌木丛。蚱蜢是绿色的，有一些在太阳下飞起时会变成蓝色和红色。就这样，他们到了水面上方，到了湖面上一个很高的地方，那里有悬崖突出来，突向夕阳温暖的余晖。因为这里还不是我们的地盘，还不完全是我们的地盘，正如驼背所言。突然，一个新的小湖湾出现在他们面前，它在依然陡峭的山坡上，在山顶高大的冷杉树冠下，形成一个半圆形的凹陷。在你身后，先前所有的东西都被一一移走，一个接一个迅速滑到一边并消失不见：西边的那座山，沙滩上的松树，沙滩，松树林，所有这些东西都滑走了，消失了，包括正在修补渔网的德古斯泰，包括那所房子，甚至包括湖岸本身，这是因为他们在转圈，他们转完了，他们到了那里，驼背说："我们到了。"

"没有必要再往前走了。"他说。

他们坐了下来。台阶状的地形让这里看起来像是铺着干草的长椅，干草上的一些小蒲公英开着黄灿灿的花朵。他们在其中一张长椅上坐下。这里看不到任何人，不会惊扰任何人，也不会有人来惊扰他们。他们面前只有一片宽阔的水面，水面空茫茫一片，像房间的地板一样光滑，而悬崖突出来的部分使他们的两侧完全与世隔绝。他们面前只有三四古法里①宽的水面，水面上除了一叶小白帆之外什么都没有。他们下方和两脚之间，有一片长满苔藓的水潭，从悬崖底部涌出的泉水汇成了这片水潭，水潭通过一个长满柳树的沼泽地与湖水相连。就在他们刚到的时候，他们又听到青蛙跃入水中的扑通声，除此之外再也没有别的声音了。

他坐下，把手风琴放在腿上。他像给孩子脱裤子一样解开琴套上的扣子，露出美丽的红色风箱，然后他试了一下 C 调，然后是升 C 调……他把脸颊贴着乐器的一侧，试了一个音阶，然后又试了另一个。他说着一种奇怪的语言，仿佛不先把手风琴拉起来就不会说话一样，

---

① 一古法里约合四公里。

实际情况也确实如此。在这里，除了赏心悦目的美景和悦耳动听的声音之外，没有别的。他们不会打扰周围的东西，那些东西也不会打扰他们俩。这是他说的，他开始用他那奇怪的语言说话，但因为他说话前、说话时和说话后都有音乐相伴，所以很容易听懂，因为他的音乐会欢笑，会咆哮，会不耐烦，会叹息，会说"真糟糕"。它会高兴或不高兴，它还会开玩笑或感到惊讶。他说：

"在那里，你总是被人骚扰……"

音乐通过一个小音阶开始嬉戏，它向森林飞去，在那里迷惑了一只鸟，将它从静默中唤醒。

"在那里，没有你的立足之地……"

这就是他说的话。他弹出了一个更大的和弦，以强调这一点：

"也没有我的立足之地……"

同样的和弦又响了起来。

只见他依旧是那张苍白的小脸，瘦削的脸颊，他没有胡须，太阳穴部位呈淡青色，纤细的脖子青筋暴露，手上也有许多细脉在皮肤下面紧绷着。

"没有立足之地，没有，没有立足之地……没有你的立足之地，也没有我的立足之地。"

他继续弹奏着，他要一直弹奏下去。那么，我们的立足之地会是这里吗？

音乐回答说不在这里。

我们的立足之地在远方,在很遥远的地方,正如乐曲所诉说的那样。音乐越飘越远,绵延不绝。

"所以,"他说,"我们必须走……这个星期天先不走,下个星期天就离开……"

他演奏了一首进行曲,像是士兵在路上行进时的军乐。

"你和我……因为我们不能……我们不能留在这里……现在你听我说……是德古斯泰……"

他不知道那个名字怎么念,他尝试了两三次。

"是的,德古斯泰……他晚上送我回家时,把一切都跟我说了,因为他们担心我……他们也担心你,他们担心鲁日会为了你……"

他的手指在琴键上飞舞。

"他们不想让你留在鲁日那里,因为警察会去那里找你。他们想把你留下,所以想让你离开鲁日家。"

他的手指继续在琴键上飞舞着。

"他们让你离开鲁日家并不是为了你,而是为了他们自己……"

音乐再次响起笑声,现在他们的头顶上出现两只,然后三只、四只被迷惑的鸟,尽管现在还没到繁殖的季节。

"他们自称是你的朋友,想让你留在他们身边。他们请我帮忙,觉得我会帮他们。有一个节日马上就要到了,是的,下个星期天,8月15日……他们叫我带你去参加。他们说他们会安排好,这样鲁日就看不到你离开,一旦到了那里……我告诉他们我可以……你明白为什么……我告诉他们我可以,他们指望着我……我带你去,他们以为他们可以把你带走。我会收拾好行李,你也会收拾好行李,我们将一起离开,我们一起去外面的世界……"

这些话他都是在珍珠色的蕨类植物下,在美丽的桃花下,通过红色皮革的大风箱说出来的。这是一种有十二个低音弦的乐器,琴键是银制的。她环顾周遭的世界,音乐将指引她前行。

她抬起头,手没有动。她没有看他。她望着前方:我们将去往外面的世界,我们不会惊扰任何人,也不会被任何人惊扰。

她的脸上露出了微笑。在这里不会惊扰到鸟儿,恰恰相反,鸟儿以为是跟自己的同类在一起。只听见一只被迷惑的燕雀,音乐一结束,它就在上面接着唱歌回应。也有可能是柳莺或山雀。我们将去往外面的世界,我们会让鸟儿歌唱。

她开始微笑。笑容在她的脸上慢慢绽放,最后她终于把脸转向他。

"问题是，我的证件在我叔叔手里……"

但他笑了，手风琴也笑了，上面的柳莺、燕雀或山雀也都笑了。

"而且我没有钱。"

但他只是让手指在琴键上更加快速地飞舞。

音乐在他的指尖下逐渐改变节奏。上面的鸟儿，两三只鸟儿安静了下来，因为它们听到音乐在变化。上面有柳莺、燕雀、山雀。

音乐故意停顿了一下，故意在音符上犯了一个错误。然后，它仿佛喘不过气来一样，它开始摆动，它在原地从一只脚换到另一只脚，没有调换位置，中间有停顿和等待。她明白了吗？

他把一只手从琴键上拿开（而另一只手仍在弹奏）。他摘下帽子，把它放在旁边。

她稍微明白了一些，但可能还没有完全明白。于是，他的手又回到了琴键上，然后再一次离开。他捡起一块石头，将它扔进帽子里。

然后节奏爆发。两块石头，然后是三块，四块。我们就像这样去往外面的世界……你嘛……

他不需要再说什么。她站了起来。这里只有一个很小的空间，不比一张桌子的桌面大多少，但正如我们将要看到的，我们不需要更大的空间，因为通常（在我们来的地方），一张桌子桌面的宽度就够我们立足了。

他看着，觉得真的很不错。地上有一顶帽子，还有音乐。

然后，他随着节奏前进，可以听见一阵像鼓掌一样的浪涛声。

所有的一切都显得十分和谐。

这时，他停了下来。于是她把目光转向他。可以再次看到他的脸色是多么苍白，汗水顺着他的额头往下流淌。一缕湿漉漉的头发粘在他的额头和那条粗大的静脉上。他伸出瘦削的脖子，呼吸困难。她看着他，然后向他靠了过去（因为，当你给了一样东西，可能就应该把全部的东西都给出去）。她靠过去，坐在他旁边，把披巾扔在她旁边的沙子上。她伸出胳膊，俯下身子。

她向左边俯下身子，身体的重心偏到了那一侧，然后她伸出胳膊，她那美丽的裸露的胳膊柔软、圆润而又有力（当需要它的时候）。她伸出胳膊，抚摸着那个可怜的背，然后往上寻找他的脖子。

但是，他猛地甩了甩头。他躲开了她，把她推开。

一只青蛙跳进了水潭。

我们会一起走，也就这些吧。天地万物都应该各归其位，而我们，我们也应该回归到属于自己的位置上。

她觉得他说得很在理。一只青蛙跳进了水潭。

第十二章

然后，时间来到了倒数第二个星期天（因为最后那个星期天没计算在内）。

尽管星期天禁止捕捞，但那天博罗梅一整个早上都在钓鱼，因为渔警跟他是好朋友。下午，他又穿上了那双长及大腿中部的长筒橡胶靴。他穿上了土黄色的夹克，金属纽扣上刻着野猪头。他沿着布尔多奈特河往上走，一直走到了铁路高架桥下，高架桥巨大的石拱横跨整个山谷，河水从其中两座桥墩之间流过。博罗梅在高架桥下停住了脚步。他靠在石墙上。他的目光往上看，沿着石墙直直地往上升，如同将一把尺子紧贴在上面；他的目光沿着一块块垒砌的蓝色石块上升，每一块石块都嵌在水泥框架中。他的目光沿着这座桥墩上升，桥墩的顶部有点往后倾斜和缩进。最终，他的目光离开了桥墩，进入到空中。博罗梅看到的是空旷的天空，因为天上一丝云彩都没有。一列火车恰巧经过，但他也没看到，只能听到它的声音,一阵不明确的响声,仿佛在别处,无处不在却又无处可寻;那声音充满了整个空间,却无法判断它来自哪里,去往何方:就像暴风雨开始,或者是一场冰雹临近。然后,声音戛然而止……这一次将是德古斯泰做出牺牲,他负责搞定鲁日,而在此期间我们其他人将负责照顾她……博罗梅离开了他一直注视的桥墩,因为他看了那么久只是为了测量其高度:大约三十米。他并没有带钓竿。他来这里只是为了看看有什么情况发生,因为他们交代过:"你要警惕采石场那边和布尔多奈特河边。"好的。他穿着长筒靴来到了深水处。他顺流而下。可以听出那天是星期天。火车早已停止了它那小风暴般的呼啸。他沿着冷杉林下边的河水往下走。可以听见上面有叫喊声。上面有人在相互呼唤,或者唱歌。星期天,还有星期天的徒步者,还有那些去蘑菇藏身的地方找蘑菇的人,比如找大脚菇[1](我们就是这么叫的)或者鸡油菌。

他到达自己的房子下面。此刻,可以看见他正在上斜坡。他回到了家里,从口袋里掏出前门的钥匙,打开了门。

星期天,八月里的一个美好星期天,八月的第二个

---

[1] 即牛肝菌。

星期天。星期天的生活平静地继续，偶尔会有一些串门和不期而遇之事。然后，在上面的冷杉林里，那些女人、孩子和男人的声音在无边无际的宁静中持续不断。博罗梅回到家里，当他再次出现时，我们看见他肩上扛着一把枪。他和渔警很要好，渔警也担负看守猎场的职责，所以他可以在狩猎季节前的四五个星期携枪出门而不会有麻烦。而且，他会告诉渔警为什么要这么做。他会对渔警说："你吧，你带上左轮手枪……还是那个萨瓦人。如果你愿意，可以去采石场那边看看，我去鲁日家那边……"博罗梅肩上扛着猎枪，踏在苔藓和黑土上。他朝着悬崖下的冷杉林方向前进。他避开人多热闹的地方，上了山坡。他沿着冷杉林下的小路前行，然后钻进灌木丛，来到悬崖顶上，从那里可以再次俯瞰到鲁日的房子和房子的三色屋顶。在那里，湖水用一路拍打树干的拍击声和反射到你上面的树枝间的白色光芒来迎接你，就像当你举起镐头，然后猛地挖下去，再举起镐头猛地挖下去一样。他喜欢观察鲁日家那边发生了什么事，没有比这里更理想的地方了。小莫里斯同样也非常清楚这一点，他也经常来这里，躺在灌木丛中。现在，博罗梅也来到这里了，他脸上映照着水的反光。那光芒直接照向你，就像在阳光下打开和关闭一扇窗户时那样在你身上移动。博罗梅用手遮住眼睛，他透过指缝观察，同时悄悄挪进带刺的灌木丛和那些结着迅速变干的紫色小豆荚的灌木丛中。这时,他可以把手从眼睛上拿开,他可以看到那座房子(更像个棚子)和直接架在石块上的三色屋顶,门前还没有人。更远一点的沙滩上,两个大女孩牵着一个小孩子的手教他走路。看得出来,为了这倒数第二个星期天,水上的准备还是相当充分的。在水面上,在空中,在整个天空中,还有你对面的那个地方,从山顶到山脚,东风已经做了很多工作,尽管在我们生活的大地上勉强才能感觉到它的存在。现在,山从顶部到山底都是亮晶晶的;它闪闪发光,一尘不染,就像新装修过一样。所有这些岩石、牧场、森林、草甸和田野,清晰得就像在玻璃下面一样,水面也被打磨得非常光滑。为了这倒数第二个星期天,水面上的准备工作更是费了不少心思,以至于可以在水面上看到对岸那些相连的景色的倒影,整座大山仿佛存在了两次。人们围绕着翻倒在水里的当多什峰航行,坐在船上仿佛被悬挂在美莱里村的翻倒的岩石堆上。人坐在小船上,同时又仿佛坐在缆车中,在峡谷上方一个沿着缆绳滑行的吊舱中。博罗梅明白了。所有的一切都把自己装扮得如此美丽,这是在向她告别,因为她是最后一次现身了。所有的村庄都以双重的形式显现,都是为了她。以双重的形式显现的,还有村庄上的红色或棕色的斑点和那些面包色的方块留茬地，那里刚刚收割完毕。博罗梅明白了，所以他再次环顾四周，看看有没有什么异常情况，但他发现并没有什么令人不安的事情发生，于是把猎枪藏在一堆干燥的石子下面，他的枪会一直藏在那里等待焐干，直到他回头将它取走。然后，他下了悬崖，走进芦苇丛间的小路。

这是倒数第二个星期天。鲁日、德古斯泰，还有她，在此前的那几天都没有再出去捕鱼。这段时间里，同一张渔网一直晾挂在那里，被太阳晒得发白，晒得全都"变脆"了，就像德古斯泰所说的那样。它已经变得像灰烬一样白，而这种渔网撒进水里时会像天空一样蓝，像嫩草一样绿，像蜂蜜一样黄灿灿。

但是，这些渔网不再被使用了，已经很久没有用过了，博罗梅很快就注意到了这一点，他走到鲁日家门前时就发现了。鲁日坐在长椅上，朱丽叶特在跟他说话。德古斯泰正在厨房里收拾碗碟。博罗梅看到朱丽叶特在跟鲁日说话，而鲁日看起来不太高兴，他摇着头问：

"这样做是不是太冒险了，朱丽叶特？"

这时，他看到博罗梅来了，便转向博罗梅问他：

"你怎么看，博罗梅？她想把船划出去兜一圈……"

"有何不可？"博罗梅反问道。

"你很清楚发生过什么事。"

"什么都没有发生，"博罗梅说，"你放心好了，我来之前已经在周围巡逻过了。"

但鲁日继续摇头。他没有穿那套漂亮的礼服,脚上穿着一双没有鞋跟的旧皮拖鞋,里面是粉红色棉袜。他摇了摇头,把胳膊放在膝盖上。

然而,那边的一切仍然在召唤你。有两个而不是一个村庄在召唤你,而它们实际上是同一个村庄。有两座山峰而不是一座,两面岩壁像锡纸一样泛光,像锡纸一样泛光是因为她还没到那里。东风已经彻底停止了。沙地、卵石甚至是长椅都变得越来越热,虽然长椅是木头做的,水面也开始冒出白色的蒸汽。可以听到悬崖上传来的歌声,那里一定坐着正在欣赏美丽景色的几家人。此刻,人们的好奇心又被沙滩的另一边吸引了,而在远处的湖面上,一艘巨大的黑船正转舵朝你这边驶来,船上张着两面交错着的高帆。而她,最终不可能对那一切视而不见,即使鲁日坐在长椅上继续表示不同意。只见她已经站起来了。博罗梅在长椅上挨着鲁日坐下来。鲁日不再说话,他将胳膊横放在膝盖上,吸了一下熄灭了的烟斗。

这是倒数第二个星期天,天气从来没有这么好过。远处,可以看到他们在船上跑来跑去,将帆脚往下拉,掌舵的人用尽背部的力气推动舵杆,不断变换航向,有时从东到西,有时从西到东,与湖岸保持平行,这样他们每次都能对岸边进行彻底观察和详细检查。那是在他们打完扑克牌之后,在重新开始摸牌之前。但现在他们坐在船舷边,黑色的大桅杆在他们下方扭来绞去,像被切成了好几段的蛇,比大腿还要粗的蛇,船帆则像是白色的淀粉水洼。他们面朝岸边,可以看见岸边美丽的全景,不同层次的景象一览无余地展现在他们面前。他们很快就发现,岸边的景象越变越热闹。

大个子亚历克西在脱掉背心和衣领后,去马厩牵出他的马。莫里斯再次悄悄爬到悬崖上。只见大个子亚历克西骑着那匹大红马,沿布尔多奈特河边的那条小路而下。那是一匹龙骑兵的战马,皮下布满了筋腱和血管,被梳刷过的皮毛闪闪发亮,仿佛被大雨冲洗之后的屋顶。世界上所有美丽的东西都在那里,而他们,他们也在那里:博罗梅、躲在隐蔽处的莫里斯、骑着那匹大马的亚历克西、手持小手杖的肖维。当时,群山正在向世人颔首致意。现在,亚历克西在芦苇丛中一只手牵马,另一只手脱掉脚上的鞋子。他将右臂伸进马笼头,用话语安抚他的马。今天早上,福音传教士的簧风琴在上帝的创造物面前又向高高的树冠送去了两三首赞美诗。亚历克西在河边赤脚站着,马肩上露出了军方打上的烙印①。

---

① 当时瑞士的骑兵部队规定服兵役时可以用私人的马,但会给马打上烙印。

所有的青蛙都跳进了水里。玛德琳、玛丽和奥尔唐丝已经去森林里那几个能找到最美苔藓的地方，为即将到来的制作花环的时刻做准备，因为留给她们的时间已经不多了。这时，亚历克西在芦苇中藏好鞋子，然后脱下白衬衫。他额前的头发卷曲着，胸毛也是卷曲的。"等一下！等一下！达达尼昂，不要着急……你在干什么？慢一点……"那匹大眼睛如肥皂水般浑浊的马突然向后退去然后又往前踏步，它扭着臀部，臀部一阵战栗，那里的皮肤像被风吹过的水面一样起了皱褶。他对马儿说："来吧！来吧！慢一点，达达尼昂……"

他们坐在运沙船那个炽热的沙堆上，可以看见所有的一切。她出现时，他们也看到了。她在芦苇丛中出现时，最先看到她的人是他们。所有的人、所有的东西都在等她。终于，她来了，她最后一次出场。她先是将船推向湖中央。所有的人、所有的东西都在等她，她在前行。鲁日没有抬头，只是用眼睛从浓密的眉毛下瞥了她一眼。这时他顶多只是动了一下手指，可以看见他的小指上戴了一枚铝制的戒指。但她并未因为这个而停止前进，她在波光粼粼的水面上节奏有序、用力地往前划去，然后放开双桨……

鲁日是唯一没有去看她的人，因为现在所有的人、所有的东西都在盯着她看。在那边，大个子亚历克西又骑上了他的马。马蹄敲击着沙地，敲击着淤泥，敲击着湖水。他用两个脚跟狠狠地踢驱着马儿前进，以便看得更清楚（抑或是为了被别人看得更清楚？）。人们从悬崖顶上看，从船上看，从岸边看，从长椅上看。她呢，她慢慢地站了起来，她转向我们，向我们挥手。博罗梅挥手回应。鲁日没有回应。鲁日一动不动，他的头一直垂着。她转向我们，然后她又面向山峰，我们看见她举起双臂，看见她的双臂在美丽的蓝色山坡上从低处挥向高处，直达岩石。然后，一溜幅度很大的优美动作在她的身上蔓延，就像一波波浪潮涌起，冲击着另外一波波浪潮。它们沿着她的大腿，她的侧身，她的背脊，直达她的肩膀。然后，一切都变冷清了，一切都消失了，一切都暗淡了下来……

那只大鸢为了觅食离开其高原的栖息地，它有足够的时间在空中盘旋降落。它用翅尖触碰水面，试图用爪子抓住一条漂浮在水面上的死鱼，然后斜着飞上了天空。它的爪子是空的，它没有抓到那条鱼。一切都是空的。当她不在那里的时候，一切都是空的。就在他们驾着那艘船头有只眼睛的大黑船再次朝我们驶来的时候，就在亚历克西光脚踢着马，试图让它向湖水深处走去的时候，一切都是空的，一切都暗淡无光。然后，骤然之间，一切又被重新点亮……

她重新出现了,她从水中浮出。一切都被重新点亮并重新恢复生机。远处的马儿腾空而起,溅起一大片水花,河水在马的周围化成了无数的碎片。

太阳再次照亮了亚历克西那副长着卷曲胸毛的胸膛。那副胸膛起伏着,升起然后又落下,在肋骨下方有两块阴影……

她再次出现,她一点一点地升起,她在我们面前重生。她再次缓慢地将身体抬起,在空中舒展开来。就好像她让所有的一切都有了意义;就好像所有的事物突然间完成了它们的加冕,这个加冕把一切都解释得非常清楚了,让它们突然之间就把自己的思想全都表达了出来。然后,一旦表达出了自己的思想,它们将再次陷入沉默。它们将陷入沉默,唉!它们将永远沉默。她呢,她又朝我们笑了笑。然后,事实上,因为世界上没有什么能永恒,任何地方都不会让美的东西驻留太久……

是因为船上的那些男子吧。他们有自己的交通艇,大船在湖水深处抛锚后,他们再坐交通艇上岸。其中一个人向船尾跑去。他拉着小艇上的绳子将小艇拉到身边,小艇被绳子拖在大船后面,就像小马驹跟着母马一样。他跳进小艇,其他人已经先笑了起来。

一切变得更糟或者说变得不一样了,因为此刻人们看到一直纹丝不动的鲁日突然站了起来。

他走进屋里，但片刻之后就出来了，手里操着一件闪闪发亮的家伙，然后，只听见"砰！砰！"两声。

那"砰！砰！"两声接连响起，间隔的时间如此之短，以至于在第一声枪响时震动的空气都没来得及回落就又响了一枪，第一次被振动的空气还未平息又再一次被振动。接着，两次枪声各自在悬崖上、在森林里、在峡谷中回荡了二次，回荡声彼此交织在一起。

傍晚时分，人们看到两名身着制服的警察走过。

沙滩上已经没人了。鲁日的房子大门紧闭。

稍远处的村庄才能听到喧嚣声。连波浪在这里也变得静寂无声，所有的水流都安静了下来，所有的空气也都安静了。这事是在朱丽叶特将小船匆忙划到岸边之后发生的。鲁日的卡宾枪的那两个枪管还在冒烟。小艇上的男孩已经停止划桨。她呢，她跳上了沙滩。德古斯泰刚好来得及在小船漂到湖水深处之前将它拉住。

他默默地将小船拖回到浮标那里。当他回屋时，博罗梅已经走了。

德古斯泰本想留下来，但鲁日说：

"哦！我会自己处理好的，我现在知道我该怎么做了。你看，这并不难……如果还有人过来找我麻烦……"

他朝德占斯泰晃了晃他手里的卡宾枪。

然后,他从下往上扫了德古斯泰一眼,他还从未用这种眼神看过德古斯泰。

"我不需要你,你只管走你的……你明白了吗?……"

他重复问了一遍:"你明白了吗?"然后斜眼看着德古斯泰,眼神里充满了愤怒和不耐烦。德古斯泰寻思着这天晚上最好不要招惹他,因为他的眼睛隔老远都能监视到有什么不对劲……

现在万籁俱寂,连波浪都安静了,所有的水都安静了,空气也安静下来,天空开始变得黄灿灿的,然后变成了粉红色。鲁日呢,他在厨房里轻轻咳了一声,警察早已不见了踪影。水先是变成黄色,然后变成了绿色和粉红色,最后全都是粉红色。他咳了一声,用手捂着嘴,看着自己那双鞋跟穿坏了的旧皮拖鞋,看着灯芯绒棉袜。他走到朱丽叶特的门前敲了敲门。没有回应。"啊!好吧,"他说,"就是这样的。"他点亮了放在杉木桌上的煤油灯,桌子上铺着一块印有布尔歇战役①画面的漆布(战争无处不在,但我们不会让自己被欺负)。

真是个忘恩负义的婆娘。

他已经将卡宾枪挂回到房间里的一根钉子上。他走

---

① 1870年12月21日普法战争中的一场战役,法国海军步兵在海军准将让·塞瑟(1810—1879)的统帅下试图从巴伐利亚人手中夺回布尔歇(Le Bourget)。为了纪念这次战役,巴黎克罗斯尼埃公司制作了一幅画来描绘法国海军步兵的英勇事迹,这幅画被印在了漆布上。

过去把枪拿下来，双手握住枪管，携枪走到桌边，将它放在自己面前的吊灯下面。布尔歇战役。到处都是战役。他拿出一小罐油脂、一根清洁棒和一些缠绕清洁棒的布条。是真的，不是吗？为了她，只要我能做到的，我都做了，难道不是吗？

巴伐利亚人戴着有羽饰的头盔，海军步兵戴着有绒球的贝雷帽。可以看出是海军步兵在进攻，他们由一位穿着海军上将制服、蓄着胡须的军官指挥。鲁日再次抓起他的卡宾枪，将它横放在腿上。枪托抬起后，可以看到漆布上的军官举起了军刀，而巴伐利亚人则从侧门逃离。枪托上有狗的图案，因为这是一把老式猎枪，枪托呈狗头状。在更高处的防御工事前的开阔带，炮弹炸出了一个白色的圆圈，四周被一圈烟雾笼罩。鲁日刚把武器横放在腿上……是真的，她什么都有了，或者说她可以要什么有什么。武器横放在靠近他膝盖的位置。她有属于她自己的房间，属于她自己的家具，属于她自己的衣物，属于她自己的小船，房子的一部分给了她，如果她想，整座房子都可以给她……他从未拒绝过她，也不会拒绝她。这难道不是真的吗？他向前看，但在更右边，攻占布尔歇的战事被挂在铜链上的油灯灯光打断，因为印在那里的画面已经被抹去，甚至连涂层也掉了……然后呢？然后，就好像我什么都没有做一样……这块桌布已经很久没用过了，德古斯泰发现它折叠着放在柜子底部，他说："它还可以用……"如此一来，军官再次举起了军刀，而那个肚子上挨了一刀的巴伐利亚人头上戴着的有羽饰的头盔又开始往下掉。自那时起，那副头盔就不停地往下掉，即自普法战争，也就是那场大战之前的战争以来，它就一直不停地往下掉。就在头盔下面，有一个洞……当一切看起来都安排得如此妥帖的时候……其实她只要心里愿意，仿佛所有这一切都是专门为她安排的，而她在其他任何地方都找不到比这里更自在的地方（正是因为我这里缺女人，一直都缺女人……），我所做的这些修复、建造、翻新、粉刷……他把清洁棒插入枪管，把武器竖起放在两膝之间，给清洁棒缠上布条，然后涂上油脂。如果那帮人来这里惹事，这枪就是为他们准备的，他们已经看到了我会如何迎接他们……对于那些想再来这里惹事的人，那两个齐步走的人，虽然我，我只有一个人，但他们至少应该把我当成两个人……这场布尔歇战役让他心烦，那个巴伐利亚人的头盔就是不肯落地。他跨坐在长凳上，上下移动着清洁棒，先弄一个枪管，然后再弄另外一个。然后，他自言自语道："我毕竟已经六十二岁了。"这仿佛是在做总结。"我可以做她的祖父。但是，在这里，我们过得无拘无束。她本该适合过这种生活的，因为她已经学会了或几乎已经学会了如何捕鱼……啊！如果她愿意……"他侧耳倾听，把全部的注意力都集中在那扇仍然紧闭，甚至连一条门缝都没有开启的门上，门后依然一片寂静。于是，他的怒火从头部下移到肩膀，沿着他的胳膊蔓延，胳膊在怒火中上下抽动。无论如何，这不是他的错。布尔歇还没有被攻下，但那是因为……好吧！他们会得偿所愿的！先是枪管，然后是击锤，所有的部件都要彻底清洁干净，然后准备两发铅弹，再在百叶窗上钻个洞或者躲在工具房的木板后面。我还有十来天的时间，有时间等着看会发生什么事。然后……他的手垂了下去。他让清洁棒的一端落到地上。无论他怎么竖起耳朵听，那边都是一片寂静，就好像他已经置身事外。他把猎枪放在桌子上，去检查屋子的大门是否关好。他走回来，重新坐下，费力地在脑子里把这些事情的头绪厘清。今天是星期天，米利凯、法官、书记员、法警、宪兵统统会出现，他们会展开调查，然后进行判决。他们代表了这个世界，他们在那边，而我们，我们在这里，置身事外……很快就要满一周了，一周加三四天。他又深思了一番，眉头紧锁，两道眉毛因为努力思考而相互靠拢。然后，她突然听到有人在这个倒数第二个星期天的晚上大声叫她。她和衣躺在床上，没有点灯。他呢，他重新拿起武器，将它挂回原来的钉子上。她听见有人问她：

"朱丽叶特,你睡了吗?"

"没有。"

"啊!太好了。因为我有事要跟你说。"

他说:

"我有一个提议……也许你会同意。"

他走到门边,伸手去摸门把手,但很快又把手缩了回来,甚至后退了几步。

他看到了桌子,看到了灯罩下煤油灯光的美好静谧。灯罩是白瓷做的,周围环绕着一圈黄铜。他向前走了几步,将长凳拉过来。她听见他说:

"因为我们必须赶紧做决定了……"

她把毯子拉到身上。星光透过窗帘照进房间,使得房间里的东西或者至少是那些白色东西——墙、床和家具——都变得清晰可见。她嘛,要等一会儿才可以看到。此刻,她与背景融为一体,因为她仍然一动不动。当另一个声音从门外传来时,只有她的声音显示她的存在。她嘛,她说:"不。"而门外则回应说:"那太好了……"然后又说:"因为我们必须快点做决定了……你想回到米利凯家去吗?……啊!你不想,对吗?但是,如果你不回去……国家会负责照顾你……会给你安排去处。会派警察过来带你走……你没看到刚才来的那些人吗?"她没看到。"啊!你没看到,但我看到了……"

他继续问：

"这对你来说意味着什么呢？"

然后他说：

"朱丽叶特，请你出来。"

他双手撑着桌子，不让自己站起来，但脑子里有一股强烈的想站起来的冲动。

"我想跟你严肃地谈谈，这是最后一次机会了，你知道的……我有个提议。朱丽叶特，朱丽叶特，如果你愿意……我们有钱……朱丽叶特！……"

他侧耳细听，但没听到任何声音，没有任何动静。

"朱丽叶特，你在那里吗？"

"在……"

他再次站起来，朝门口走去。突然，他停下来，双手垂在身体两侧，他举起一只手，然后手又落了下来。他把一只手放进口袋，然后把另一只手放进另一个口袋。

他仍旧在那里站了片刻，然后开始在房间里转圈。

他说：

"有钱和一条船就足够了。"

她先是回答"是"，然后变成了"不"，接着又变成了"是"，然后又变成了"不"。仅此而已。他叫她出来，她没有出来；他没进她的房间，最好不要进去。"但我们有钱，朱丽叶特，我们有船……那条船还是以你的名字命名的……

"听着，下个星期天将举办百合花节。在这之前，他们不会过来滋扰我们……判决最早将在三天之后做出。而且，下个星期天，所有人都会去参加晚会。我们只需等到天黑，没有人会看到我们离开。德古斯泰会去参加活动，驼背肯定也会参加。"

他转着圈，围着桌子转圈。他停下来，然后又继续边走边说：

"那你就收拾好行李，我们会坐你的那条船，朱丽叶特。我们离开这里，没有人会注意到，没有人会知道我们在哪里……我们到湖的另一边……我们到湖的另一边，到那边就是另外一个国家，到了那里他们就再也不能拿我们怎么样了……我们会待在那里，直到……直到你成年，是的，反正也只差几个月了。到时候你就可以做决定了。因为我会收养你。如果你愿意……你会做我的女儿，反正我没有孩子，没有妻子，也没有孩子……而且，在那边，在那些萨瓦人住的地方，我们总能一边等待一边继续干以前的工作。我会给德古斯泰留张字条，让他照看房子。过到湖那边只需三个小时。那么，我们就这么定了，怎么样？"

她不再说话，但他可能认为她不需要说什么。他继续说：

"再简单不过了。那么,你就收拾好行李。我们去湖那边,这样会更好……在这里,我恐怕会闹出人命……"

他站着,双手插在口袋里。

"是的,"他说,"我可能会闹出人命来,因为我们也实在没有别的办法……但这件事你不要对任何人提起……现在你需要休息了。"

最后他还补了一句:

"晚安。"

第十三章

她们一共有三个人。她们是玛德琳、玛丽和奥尔唐丝。她们三个人提着两个篮子。

她们走在布尔多奈特峡谷高处那些高大的冷杉树下。她们时不时跪在地上，扯着苔藓，苔藓被连片掀起。那是在星期五傍晚。她们掀起连片的苔藓，将它们平铺在篮子底部，然后将篮子拎起来。但有时候，树干彼此间挨得太近，她们不得不一个跟着一个往前走，而在别处情况就不一样了，大树间隔得很远，巨大的树干上滴着白色的松脂，好像一根燃烧不充分的蜡烛。她们正在采集苔藓，准备用它们制作花环。负责这项工作的只有她们三个女孩，没有男孩，因为所有的男孩都留在百合花节现场，忙着敲钉子、拉铁丝。

潺潺的水声从她们下方传上来。她们旁边是红绿相间的美丽斜坡，山脊上铺满了地毯似的松针，还有小石墙。有些地方也长着苔藓，但不是她们要的那种；这些苔藓就像男人的大胡子一样，有时是白色的，有时是黄色的，不是她们要找的绿色苔藓。所以，她们沿着峡谷的边缘走，没有走下去。她们时而俯身，时而直起身子。三个人聚在一起，然后又分开，然后远远地大笑着叫着同伴的名字。

突然，她们安静了下来。

就在她们回到几乎装满了的篮子旁时，玛丽问：

"你们听到了吗？"

在峡谷的底部，从水声中传来了另一个声音，仿佛有人踩在一根枯枝上，枝条断了，然后是一块石头滑过另一块石头时发出的刮擦声。

"你们听到了吗？"

有人说这些树林里到处都是土匪。有人讲了萨瓦人对朱丽叶特做的那件事（你们知道的，米利凯的侄女，她现在住在鲁日家里，因为米利凯把她赶了出去），而且据说她星期天要来参加晚会……

"不可能！"

"可能！她被邀请了……"

然后，玛丽又问："你们听到了吗？"于是她们三个迅速往后退了一步，躲进斜坡的边缘。

声音来自她们下方。她们伸长脖子，可以看到河对岸像帘子一样生长的桤木叶子在晃动。这时，玛丽突然说:"你们看!"

她指着树叶之间出现的一顶草帽,草帽出现然后又不见了。但随后,她换了一种声调喊道:

"喂!先生……"

她走到最前面,向空谷俯下身子,喊道:

"喂!先生。"

她叫得更大声了,另外两个跟着她一起喊:

"喂!先生!先生!"

没有人回应。椴木的叶子一动不动。

再也看不到那顶帽子了。

她笑了。

"也许他是德国人?"

另外两个女孩正在将她往后拉,但她继续用德语喊:

"喂!mein Herr(我的先生)……"

还是无人回应。于是她说:

"是个英国人。喂!sir(先生)……"

这边的人要是愿意的话,都会讲三种语言,但那个人似乎都听不懂。于是,她们离开了,低着头走在椴木的树荫下。那顶草帽再也看不见了,所以现在玛丽转过身来对我们说:

"你们不知道那人是谁吗?不知道?!你们没认出来吗?……是莫里斯啊,莫里斯·布塞。除了他没人有……"

"他那个样子是要去哪里呀？"

"哦！还能去什么地方？！"

"那艾米莉怎么办？"

"哦！艾米莉……"

她们三个人相互看了一眼，然后玛丽耸了耸肩。

她们聊了很多。她们三个人说话的声音很低，语速很快。

"嗯，是的，就是这样……莫里斯让德古斯泰传话给她，说有人在等她……应该是让那个驼背带她去，朱丽叶特……你知道的，那个意大利鞋匠，因为他经常去鲁日家，会拉手风琴……"

"为谁？"

"为她。"

"那他们会去吗？"

"会的，他们会去。他们两个都会去，男孩子们已经商量好了。"

"天哪！他们要干吗？"

"不太清楚，但你可以去问问莫里斯或大个子亚历克西。"

"啊！好主意，他们一定会欢迎我去问的……"

她们聊了很多，她们的牙齿闪闪发光。她们提着篮子走着，时不时把篮子搁在地上，然后又提着篮子往前走。她们一点一点地重新回到了那个世界。这个世界通过一个巨大的拱门向你走来。在拱门下面，白色的阳光带着苍蝇、牛虻和大黄蜂一起迎接你。在这里已经能听到敲钉子的声音了。她们走进一片矮树林，从前这里是一片林间空地。可以看到高高的电线杆，上面有用红色油漆漆过的铁环和"危险！可能致命！"的标识牌，让人忍俊不禁。一只乌鸦从她们面前平着飞过，一边拍打着翅膀一边大叫。她们又在两排树篱之间走了一会儿，树篱挡住了她们的视线。然后，她们突然就到了。突然间，那些大型建筑物参差不齐地矗立在她们面前，屋顶上打满了大片的补丁，最大的那座房子屋顶上是用新瓦拼成的"百合花"三个字，更下方有一个百合花图案。这座房子是镇上的旅馆，房子前面有两棵大椴树，椴树下摆着长椅和桌子。三个女孩提着篮子走过来了。我们看到她们三个人走了过来。爬在梯子上的男孩子们正在用锤子敲钉子。他们在喊她们："啊！原来是你们三个呀。好呀，过来吧……"晚会开始了。你会发现，活动地点离旅馆还有一段距离，在其他附属建筑的后面。那是一个悬空的屋顶，周围没有墙壁，有的只是美丽的星期五之夜和令人开心的晚会。四边屋顶下方皆为景观墙，每面墙的景观都不一样。那些男孩子依旧停留在他们的梯子上；女孩子则围在桌子周围忙着展开旗帜，从盒子里取出纸板纹章和纸玫瑰。大家发现，莫里斯确实不在那里，艾米莉也不在。他嘛，现在大家都知道他在哪里，但她呢？男孩子们继续在梯子上敲钉子，而玛丽、奥尔唐丝和玛德琳三个女孩提着篮子到了，她们围着篮子坐下，也就是说坐在桌子上，双腿悬空，她们穿着棕色、白色或者很时髦的肉色丝袜。她们手指间夹着一段细绳，然后拿出一块块苔藓，将它们做成花环。晚会的准备工作正在进行。电灯刚刚打开。大家所做的都是无声的工作，至少对我们女孩子而言是这样（如果不把我们的舌头算在内的话）。但是锤子的敲击声太大，打扰到我们了，所以我们也不时打扰一下梯子上面的人。我们朝那些男孩子喊话。舞池四周那些美丽的景观墙现在消失了，取而代之的是四面黑墙。在墙内，大家甚至还吃了东西。是青年协会邀请这些小姐们吃的。他们带来了面包、奶酪、冷香肠、沙拉，还有许多用白玻璃瓶装的一升装的白葡萄酒。大家喝酒、吃东西、碰杯。然后男孩子们又爬上了梯子，两三个女孩双手托起一根散发着清新香气的青蟒一样粗大的藤条，藤条摸起来沁凉沁凉的，又湿又重，重得有好几段都拖到了地板上。上面的那些男孩子拉着绳子，女孩们则举起手臂。她们轮流靠近，向他们递上花饰，用白布或者薄纱做的紧身衣的薄布料下面是高高耸起的胸脯，有的丰满，有的扁平一些，然后还有圆润、纤细的手臂。空气中弥漫着冷杉木树枝的气味，又苦又湿。大家又喝了酒，碰了杯。在木柱间垂下的绿色长管中，可以看到一些粉色、黄色、白色、红色的小圆圈，那是纸玫瑰。大家碰杯："为你的健康干杯！""也为你的健康干杯！"杯子发出的轻微碰撞声，就像山羊扯着一簇草吃的时候脖子上的铃铛发出的叮当声。然后，又有人钉下一枚新钉子：有一枚钉子没钉牢，需要更换。有十来个男孩和同等数量的女孩，他们一直忙活到夜里十一点以后。大家听到村里的钟敲了十一下，它敲得慢悠悠的，那是它的习惯，因为它已经非常老了。它敲起来总是那么慢，但总能让人听见，不管周围的噪声有多么持久，它总能找到一个缝隙，最终来到你耳边，看似无意地告诉你："时间到了。"不可能听不见。他们必须走了。

男孩和女孩都手挽着手。他们手挽着手回去了。他们沿着大路走，边走边唱歌。唱完一首歌，再唱另一首，把所有熟悉的歌都唱遍了。只是，每当一首歌结束，下一首开始之前，总有一段短暂的静默，正是在这样一个静默的时刻，一个男孩问："你们听到了吗？"所有的人同时安静了下来。他们听到了手风琴声。

就在远处湖边的方向，在树木和夜幕后面，开始时在水流声中听起来很微弱，但它最终穿透重重障碍传到了这边。于是他们笑了起来：

"是驼背……是鲁日喊他过去给她解闷的……但她和我们在一起会更好……"

"如果驼背带她来，他的风头肯定会被人抢走的……我们会有加维莱和他的乐队，八位一流的乐手……如果想和他们一决高下，他得加油……"

"你们听说了吗？"有人说，"说是镇长布塞先生本人听到那两声枪响后给警察打了电话，但鲁日好像只是朝天开的枪。那个开交通艇的人也有错。这件事后来就没有下文了。不过，我们的镇长开始感到不安，他对我们说：'是时候了，要把这件棘手的事情做个了断。'他去见了法官。节后的第三天应该会对案子做出判决。鲁日和米利凯应该会当庭对质（如果他们两个都在场的话，但这看起来不太可能）。之后，会宣布判决结果。看样子判决既不会支持鲁日也不会支持米利凯。大家并不认为那女孩会被交还给米利凯，因为她已经被他赶出了家门。人家也不认为法庭会允许鲁日继续收留她。因此，只剩下一个办法，那就是在她成年之前把她安置在收容所里。但鲁日警告过我们：'如果警察过来，我会跟他们鱼死网破。'这就是镇长如此忧心忡忡的原因。大家的好奇心又被勾起来了，尤其是随着判决日期的临近，村民们的好奇心变得愈加强烈。事情发展到这一步真是太糟糕了，但这是政府可能不愿意掺和此事而导致的，而他们本来是可以有所作为的，那样的话他们就可以省去一堆的麻烦：发函，诉讼程序，天知道还有什么其他错综复杂的事情。而且，鲁日从未伤害过任何人，也没有伤害过那个女孩。恰恰相反，如果没有他，她会流落到哪里去呢？很显然，关于他们的谣言好像并不属实。但是没有办法，米利凯起诉了……"

大家看见这家空空荡荡的咖啡馆，这个露天咖啡座以及咖啡座上那些明显过于宽大且颜色过于鲜艳的绿色桌子，看见米利凯在四处闲荡。大家还可以看见，那个星期六，一场暴风雨正在酝酿（大雨在晚上倾盆而下）。男人们像往常一样，正在用扫帚清扫门口，他们站在那里聊了一会儿天。此时此刻，如果他们有女儿，他们的女儿就在做准备；如果有儿子，儿子们也在做同样的事情。这样的聚会从星期六持续到星期一晚上，多多少少比较正式。所以，照看牲畜方面的活计，儿子们会和他们的父亲商量。至于家务，女儿们会和她们的母亲达成一致意见，然后去自己的房间把自己打扮得漂漂亮亮的，她们先去喷泉那里提回满满一桶水，洗个澡。男孩们从抽屉里拿出剃须刀和肥皂粉。闷热的天气里，脱掉旧衣服换上干净衣服感觉很舒服，比如换上一件白色衬衣就很爽。女孩们换上那种里面几乎什么都没有的平纹布连衣裙，不穿衬衣或尽可能少穿衬衣。她们穿上白色或粉色的连衣裙，平纹布或轻薄丝绸连衣裙。女孩子们在做准备，男孩子们也在做准备。

还有一个人也在做准备，但没有人知道。在工具房后面，小胡同的尽头，他把门反锁了，收拾好了第一个包裹。这是在星期六晚上。他拿了一个帆布袋，往里面装满了东西，然后打了两个结扎紧。他将它放在房子的一个角落里。另一个包，他一直放在身边：那是一个大家都熟悉且容易辨认的包，因为它的漆布外套从侧面开扣，装在包裹里面的东西的形状一目了然。这个包，他带在身边，到时候会用皮带背在身上。他已经把交给他修补的各式各样的鞋子都送还给了客户，剩下的鞋子都整整齐齐地摆放在隔板上。就在这时，加维莱乐队的音乐声开始响起。透过屋顶，可以看到峡谷另一边高耸的树林，正是在树林那个突出的尖角处，松树锯齿状的轮廓线开始在一片蓝天下颤动。没有人注意到驼背带着他的两个包离开。现在他有三个驼峰了。他的三个驼峰非常明显，天色还不够暗，不至于看不见。他的背上没有足够的空间放下这三个包，所以它们从他身体的两侧伸出来，一个在右边，另一个在左边，第三个动不了。他走进小巷，因为其他人已经移步到了别的地方。他过了火车站。然后只需沿着铁路走，沿着大路走，大路开始下行，他必须在那里转几个弯，但他在那里离开了大路。他向左拐。这里离音乐响起的地方非常近。我们和音乐之间只隔着一条峡谷的直线距离：音乐在他的几个驼峰后面回旋，在他的身体两侧跃动。这样一来，他走得更快了，尽管他是在草地上行走。只见高架桥在晃动，仿佛被烟雾笼罩了一样。他往高架桥的一侧走，那里的桥拱逐渐深入山坡，被山坡斜着切割后，变得越来越低。他走向最低的那个桥拱，在那里刚好有足够的空间钻进去。他进去了。他又出来了。大功告成。

因为他现在只有两个驼峰了。他就像往常德古斯泰去接他的时候一样。他没有带那个袋子，只带了他平时该带的那两个包裹，他今晚（星期六）还得去鲁日那里，只不过他知道自己要迟到了，所以加快了脚步。事实上，德古斯泰正在等他。当他走进小巷时，他看到德古斯泰站在那里，显然已经等了他很久，因为德古斯泰对他说："你去哪里了？幸好你来了。我正准备一个人回去了，要是我一个人回去的话，鲁日会怎么说？"驼背跟在德古斯泰后面。

德古斯泰说："已经商定好了。我们会解开船……你呢，你带朱丽叶特小姐去参加晚会。男孩子们知道该怎么做。你不用担心,因为在路上会有人掩护你们。博罗梅会巡逻……"

驼背点点头。

那天晚上他们目睹了第一场暴风雨。当时,他们四个人坐在房子前面,鲁日对乌尔班说:"声音大一点。"

这是因为从百合花节晚会那边传来的音乐沿着布尔多奈特河被一阵微风吹到了我们这边,这让鲁日感到很恼火:"他们就不能安静下来吗?……声音大一点,乌尔班先生。"他们坐在长椅上。突然,风向突变,风开始从西南方向往这边吹。

只见一个个波浪骑兵都跳上了马鞍,只见举着白旗的骑兵飞奔而来。

暴风雨像幕布一样挂在萨瓦的山脉后面,闪电在幕布上打出粉红色的闪光。骑兵们开始疾驰。我们在湖湾的深处,坐在长椅上,可以看到它们举着白旗在湖水中央排成长长的整齐的队列通过,深深的纵队被闪电劈出一条沟,然后又被黑夜吞噬。

风把我们右边的小石子卷起来,连同其他东西一起砸到我们脸上,发出奇怪的声音,那些东西中有纸张、枯树枝或者铁皮,不是很确定,然后还有一个纸盒的顶盖。当时还没有下雨。

鲁日说:"暴风雨不会下到我们这里。"

我们可以看到他的脸和浓密的胡须，还有他含在嘴里的烟斗。

我们看到了他的整张脸和棉絮一样的胡须。他慢慢地把烟斗送到嘴边，烟斗慢慢地往上移动，然后他的脸消失了，再也没有脸了。但暴风雨也已经过去。

那天晚上，驼背早早就离开了。就在那个星期六晚上。德古斯泰像往常一样送他回家。

等他走了之后，鲁日才问朱丽叶特："噢，你的包裹准备得怎么样了？……朱丽叶特，是明天晚上……朱丽叶特，你没忘记吧？"

值得一提的是，百合花节晚会现场有几个小摊位摆出来了，其中一个卖姜饼，另一个卖冰激凌，还有一个出售各种成人和儿童的小纪念品。人们首先会逛摊位。卖姜饼的摊位铺着土耳其产的红棉布。卖冰激凌的摊位上的大理石是画出来的。旋转木马原本只是一辆带窗户的绿色马车，窗户下有一只狗在呜咽，还有一匹白马拴在木桩上。此刻，两个穿卡其色衬衫和美式背带裤的男子，要么每人怀里抱着一匹马，要么两人一起抬着一辆白色童车，童车上有一个天鹅颈一样的装饰。还有那些画，还有管风琴前面的四排铜喇叭。那些铜喇叭闪闪发光，好看极了。

年轻人早早就到了，以便在舞会开始时就能在场。稍后，年长一点的人也会来，因为那一天男人们通常会睡到下午三点钟。在村里，米利凯那天早上还接待了一些顾客，顾客比平时要多，颇让他感到惊喜，只可惜好景不长，午饭前他们就全都走光了。现在快三点钟了，露天咖啡座还是空无一人，咖啡馆大堂也一样。只见米利凯站在门口，身穿过节的服装，戴着硬领和领带，时而转向水面，但那里没有任何有人到达的迹象；时而望向他能看到的那一整条街的高处，但那里的人全都是一出现就马上将背对着他。确实有人从家里出来，但他们都朝音乐和预示着快乐的长号方向走去，长号不时从屋顶上方传来一两个音符。就连肖维也朝那个方向走，他挂着小手杖，戴着圆顶礼帽，穿着礼服。米利凯朝他高喊："你去哪里？"但肖维只是举起了他的小手杖。

"喂！"米利凯继续喊，"喂！喂！肖维！"

但肖维已经听不到了。米利凯把手插进口袋的更深处，同时耸耸肩，直到看见佩兰出现。佩兰住在他家对面。

"喂，佩兰，你最好快一点。那破事再过两三天就水落石出了……"

佩兰迷惑不解地看着他。

"是的，顶多两三天……到时候就知道是谁占理了，是老实人还是骗子……"

对方终于听明白了,但没有接他的话茬,也跟别人一样朝街上走去。最后(这是米利凯完全没有预料到的事情,以至于他一时并没反应过来),小玛格丽特来了,她打扮得很漂亮:

"我来是想请您允许我去看一会儿热闹。"

"什么?"

米利凯看着她穿的裙子,一条粉色的平纹棉布连衣裙,裙子上系着白色腰带。她还穿了一双黑色短靴,戴着一顶用纸编织的帽子:

"你……你疯了……"

他刚开口,就被她打断了:

"哦!"她说,"我必须去……而且这里也没什么事可做……"

"什么!你必须……必须……"

就在这时,他们听到一扇门开了。一个声音从楼梯上传来:

"喂,你这个老笨蛋,你还要上当吗?……还要被这个死丫头骗?……我告诉你,拽住她的胳膊。然后把门锁上。"

但为时已晚。玛格丽特已经逃之夭夭。

米利凯太太到了,她佝偻着身子,一只手扶着腰部。

她的裙子是歪的，走路时拖鞋在地上趿拉。她大声喊道：

"你要扣下她的工钱……你要扣下她的东西……她再也不会回来了。你听好了，在这里是我说了算……你，你已经完蛋了，你破产了……去睡觉吧，老笨蛋，这是你最好的选择……"

门砰的一声关上。这便是这个世界上发生的事情。

下午一点，乐手们就到了。他们一共有八个人。他们是加维莱乐队。这是当地最优秀和最大的乐队。他们穿着铁灰色的套装和白色翻领衬衫，系着黑色的丝质领带，戴着黑色的毡帽。他们首先去咖啡馆喝了一杯。他们站在吧台前匆匆喝完酒，每个人胳膊下都夹着用比利时釉①仔细擦拭过的乐器。他们出来了。小号手用独奏的方式发出信号，就像演奏军乐时一样。音乐在村子里轻轻地震动，轻柔地震动着树林，轻柔地震动着每个人的心。

艾米莉来了。她是独自一人来的，走了几段迂回的路。周围的人太多，没人注意到她，尤其是在舞会的间隙。她沿着摊位走，到处找他却不见他的人影。她停下来，向左转，向右转。她只看到一只大手伸进一个铁皮箱，从里面拿出一个木偶，木偶的头上插着两根羽毛，

---

① 由欧仁·福尔高（Eugène Fourgault）发明的一种擦拭金属器皿的产品。

一根红的，一根白的，然后那只手把它竖在其他木偶旁边。这些木偶的眼睛是用白糖做的，嘴巴则是用红糖做的，戴着刺绣硬领和肋形胸饰。她觉得有人在跟她说话。汽车陆陆续续开来了。别的村子的年轻人也都到了，都盛装打扮，他们是骑自行车来的，自行车上满是灰尘，但车把上装饰着鲜花和花环。这就是这个世界上发生的事情。她在这个世界上感到很孤独。有人跟她打招呼，她没听见。舞会刚刚开始。她走到一面装饰着芳香松枝的木板墙后面，那里是妇女、孩子以及那些上了年纪不能跳舞的人站的地方。她可以看到舞台上八位乐手并排坐着，前面摆放着乐谱，他们在乐谱后面鼓起腮帮子吹奏。她盯着看，却仿佛什么也没看到，或者只看到一件事：他不在那里，他还是不见人影。映入眼帘的是一大群人的后背、脑袋、举起的手、平放在白色或粉色肩膀上的手、没戴帽子的脑袋、戴帽子的脑袋、留着胡须的脸和没留胡须的脸。这一轮舞结束了。艾米莉走到出口处，一对对情侣手挽着手从那里走过。莫里斯不在那里。这是在地球上。乐手们已经把吹嘴从乐器上取下，他们朝里面吹气，然后摇晃着乐器让里面的唾液流出来，他们就在旗帜和花环下面。你们看，我们女孩子把自己打扮得多么漂亮。你们或许以为我们会像平常那样草草打扮一下，对吗？这可是在过节呢，我们换了新裙子，换了眼神，换了妆容；你们看，我们还戴着白手套。舞伴把她们带走了，但我，我在这里做什么呢？舞伴会带她们去花园，坐在漆成绿色的铁桌旁的折叠椅上喝柠檬水。我呢，我该去哪里呢？一个遮天蔽日的阴影落在白色的小路上，小路变成了灰色，太阳在天空中被云团遮住，阴影落在草地上、桌子上，人们在那里喝酒、打闹、嬉笑。旋转木马机械地转动着。孩子们静静地吹着纸做的喇叭。人群再次把她推向摊位之间，那里的小糖人用它们的糖眼睛透过羽毛看着她走过。然后，她看到一只放在折叠椅上的笼子，旁边是一辆残疾车。一个没有腿的男子说："预卜未来，女士们，先生们！"她看到笼子前面有一个盘子，上面放着许多五颜六色、折了四折的小纸片。

"两分钱，"那人说，"两分钱一次。"

这是在地球上，地球上的事情就是这样的。

"预卜未来，女士们，先生们，两分钱，只要两分钱……"

这是在地球上的一个下午，是在最后的那个星期天。她呢，她只是一个可怜巴巴的女孩子，所以她给了两分钱。

只见笼子因为你给的两分钱变大了。它迎面而来，变成了巨无霸，你周围的一切全都消失不见了。只剩下笼子和她注视着的一根棍子的末端,棍子敲了三下。然后,那人说:"注意!……万事通先生,你准备好了吗?"

鸟儿飞落在笼子后门的栖木上,一动不动。又敲击了三下。棍子向前移动,打开了笼门。人们在艾米莉身后挤来挤去,想看看接下来会发生什么事。一个小女孩的声音说:"妈妈,你看那只小鸟,哦!它真有趣,它在做什么,妈妈?它为什么要用嘴啄纸条呢?"然后一个胖女人说:"看来它真的很聪明。"这是真的,因为它还在看着艾米莉,用它圆溜溜的闪亮的小眼睛斜睨着她,然后快速地用嘴啄起一张纸条,一张粉红色的纸条,但似乎不对,因为它猛地摇头把纸条扔到空中,然后又啄起一张白色的,但这张也不对。

"它还没拿定主意吗?"

"哦,这些动物真聪明!"

"这次行了吗?不……"

是谁在说话?在哪里说话?这时,鸟儿嘴里叼着一张灰色的纸条,人们看到它终于跳了过去,落到了主人的手上。

"哎哟,万事通先生,这一次选准了吗?"

鸟儿点了点头。

"你确定没搞错?"

再次点头。

"那好吧,万事通先生,现在你知道你该做什么了。"

鸟儿走到她跟前,向她鞠了三次躬。然后,只听见那男子说:

"小姐,这是给你的……"

艾米莉伸出手。

"女士们、先生们,下一个是谁?"

她周围的人都非常好奇,但她把那张纸片塞进棉手套里面,转身离开了。

空气中充满了音乐、噪声和说话声,到处都是闪闪发光、移动、旋转的东西。到处都是东西,那些东西也太多了。她感觉到纸片贴在皮肤上,她暂时还不敢看,她离开了小路。

现在,她走进了果园,到了树下的草地上。

她看到樱桃树已经变色,樱桃不见了,但她在苹果树和梨树上看到了它们不久将结出累累果实的希望。我的天哪!也许……有人知道吗?有朝一日会知道吗?她走在低垂的树枝下。当她把手握紧时,感觉到纸片的棱角刺进了皮肤。只见屋顶的一个斜面闪闪发光,仿佛涂了蛋清一般,而另一个斜面则暗淡无光。就像我们,就像我一样。啊!无论我们做什么,我们从来都只有一面被照亮。我们从来都只有一面能接收到阳光……一个人必须敢于……也许……

就是在那里,在一根树干后面,她用指尖夹出手套里的纸片。

心肠太软……

她看到纸片上印了四行字,上面那句是四行中的第一行,它们都押韵,是一首诗。每行的开头都有一个大写字母。她读了第一行。

然后,另外几行也映入眼帘:

心肠太软,
只会独守空房。
奋不顾身,
方能百战百胜。

驼背大约在下午四点钟来到了鲁日家,是德古斯泰像往常一样把他接来的。鲁日趁德古斯泰不在场,趁他还没回来的时候叫住朱丽叶特。他再次隔着房间的门,隔着松木板、木纹和节疤跟她说话:

"朱丽叶特,你的包裹收拾好了吗?"

她没有立即做出回应。

"乌尔班马上就要来了,"鲁日说,"所以我觉得在他来之前,我们应该再好好商量一下……朱丽叶特。"

她没怎么吭声,但打开了门。鲁日发现一切都已准备好。

他看到床上放着一个用布片包起来的包裹,外面还绑了一条皮带。他看到了,他全都看到了。他先是感到很惊讶:

"啊!你不带你的手提箱吗?在船上还是有地方的。船很方便,能装下所有家具……不过,也许你是对的。"

他又说:

"反正我们需要什么东西都可以在那边买……确实,没必要带那么多行李,特别是如果我们在半夜到达的话……我马上就给德古斯泰写张卡片。我只需把钥匙放在一个地方藏好,德古斯泰知道那个藏钥匙的地方……我会告诉他……我们不在的这段时间,他可以住在这里,你觉得这个主意怎么样?"

她还是没有回答,但他似乎没有注意到。

"无论怎样,我可以随时给他写信,"他说,"唯一让我担心的是……"

他转向前门,依然显得很平静。

"唯一让我担心的是,我们可能会遇到暴风雨。昨晚的暴风雨并没有完全结束……"

他径直走到门口。

"嘿！嘿！"他说，"用不了多久的。但总的来说（他又回到屋里），暴风雨……朱丽叶特，你不怕暴风雨，对吧？你也不怕大浪，对吧？那就好。剩下的就交给我来处理。反正船是靠得住的。我们特地为你把它修好了，你还记得吗？而且它还是以你的名字命名的……三个小时后，我们就到了……你会帮我划船，对吧？……那就好……啊！朱丽叶特！……"

然后，他身体里面有什么东西停住了，在他喉咙深处打了个结。

"我们可以说……真的可以说……是血缘关系……"

他费了很大的劲才把肚子里的话说出口：

"就像我们有血缘关系，就好像我是父亲，朱丽叶特，父亲和……"

他正要向前走，但就在这时，一阵脚步声让他退了回来。他急忙说：

"朱丽叶特，关上门。把包裹藏起来……"

当德古斯泰和驼背到达时，他正站在房子前面。一走出房子，就能感受到阳光的炙热，就像有人拿着一根烧红的铁棒抵着你的脸，就像铁匠开玩笑或为了摆脱围在他周围的孩子们，突然将刚从火里夹出的马蹄铁块朝他们伸过去一样。如果我们转过身，马上就能感觉到被衣领隔开的脖颈之间，这一片区域保持着凉爽，而另一片区域则感到灼痛，皮肤的颜色也在发生变化。德古斯泰转身用戴着旧帽子的脑袋指了指湖水深处。在静止的空气中，他眯着眼睛，一言不发。鲁日点了点头。在湖水前面，德古斯泰全身漆黑，而水面就像新镀锡的铁皮一样。

"是的，是的。"鲁日说。

"是真的，乌尔班先生，"他接着说，"我觉得天气太热，不能待在外面……而且你还有许多竞争对手。"

他朝相反的方向扬了扬脑袋，指着地平线的另一端。

"他们不会那么快就停下来的，因为今天是个盛大的日子……他们有警方的许可……可以一直搞到半夜两点，这可是一段很长的时间。而且他们那边可以轮换，我是在说音乐。有时他们两个人上场……有时他们有三个人上场，"他说，"而你，真的……"

他笑了起来。乌尔班把手风琴放在长椅上。

事实上，在此期间，布尔多奈特河那边的天空继续缓缓地稍稍往上抬起，然后又轻微抖动着放下。它像布一样白，覆盖在黑色的冷杉树篱上方。只有最低的音符能清晰地传到我们这里，多多少少有些低沉，多多少少有些悠长，有时长得让你喘不过气，有时像肥皂泡一样急促地相互堆挤。四周阒无一人，水面上无人，沙滩上无人。不管是在白色的天空下，在砾石中，在悬崖上，在那些会磨损你的鞋底的卵石上，还是在那片不能直视、直视就会伤到眼睛的水面上，都没有人。

鲁日说：

"今天我们总算逮着了一个好机会，不会有人打扰我们了。听着，乌尔班先生，你得进厨房去。里面比这里舒服……我还有两三瓶酒……机不可失，时不再来……"

他们走进厨房。鲁日去拿酒，亲自把瓶子放在挖好的沙子里，让它们完全浸泡在水里。看起来没什么可担心的，因为今天在锡盖一样的水面下湖水很平静。鲁日心情很好。如果今天的葡萄酒没有冰镇的香槟那么清凉，那就可惜了："你说呢，德古斯泰？还有你，乌尔班先生？"

然后，他喊了一声："喂！朱丽叶特……"

他们三个人再次在厨房里围坐在布尔歇战役图旁边。他们能听到舞会的音乐，与此同时，海军步兵举起了登船斧。他们听到舞会的声音。一枚炮弹爆炸，桌布上的一个地方出现了一个黑边白圆圈，可以看见露出的纬纱。湖上的天空变得越来越难以穿透。

她是在这个时候或稍晚一些时候进来的，她在这个时候或稍晚一些时候从她的房间里走了出来。当她刚打开门还没来得及再关上时，在静止的空气中，一阵风忽地吹了进来，将一团刨花卷到了地板和天花板中间。刨花在那里兀自转着圈儿，门同时在猛烈地摇晃撞击着。

这片刨花是"艳女郎号"被更名之前从船身上刨下来的，上面还可以看到一点绿色，油漆的颜色还残留在它的纤维中。

"哎呀，我的酒！"

鲁日冲了出去。那是在她刚进来的时候。她放开了门，门咣的一声自动关上了。他及时抓住了瓶子的瓶颈。湖水开始搅拌（我们平时用的就是这个词），同时变黑，原本的光泽像是生锈的金属一样消失了。湖水在搅拌，也就是说到处都被掀了起来，但波浪的运动没有特定方向，它们在原地起起落落，就像水在火上煮沸了一样。鲁日迅速抓住酒瓶的瓶颈，带着几瓶酒回来了。他把酒瓶放在桌子上，但风又一次停止了。鲁日用衬衫袖子擦了擦额头，从口袋里掏出刀子，然后一边用双腿夹住酒瓶，一边用开瓶器将瓶塞拔出来。他转身问朱丽叶特：

"嗯，朱丽叶特，你觉得怎么样？"

他心情很好，他很开心。

"这里几乎和你来的那个国家一样热。"

"哦！不完全一样。"

"还没有那边那么热吗？会有的……"

他说：

"无论如何，这种天气确实让人口渴，但你看这里，我们有解渴的饮料，而你们那边却没有葡萄酒……在那些国家，没有葡萄酒……"

她摇了摇头。现在，外面的声音就像许多人在同时说话，就像满是讨价还价声的集市。音乐声已经听不见了。只听到了瓶塞被拔出的声音。

鲁日将酒杯倒满。

他说：

"这是我们自己的小酒，我们自己酿的葡萄酒……它并不是那么难喝，看起来不错，味道也不错……"

他一边把酒杯举到鼻子底下闻着，一边说：

"哦！她呀，她不懂这些，但乌尔班先生你呢，你不一样，因为在你们国家，大家都懂……"

他说：

"干杯！……朱丽叶特，干杯！……乌尔班先生，干杯！……还有你，德古斯泰老弟。"

记得当时，她（朱丽叶特）坐在桌子上，鲁日坐在她旁边的长椅上。

驼背坐在稍远的地方，坐在靠墙的一把椅子上。

又有一阵风吹进来，布尔歇战役图的一角被风掀起，被掀了个底朝天，露出了毛茸茸的背面。几分钟过去了。

鲁日仍在滔滔不绝地讲话，他不得不把嗓门提得越来越高。那天下午，手风琴一直放在油布布套里。她双手抱住膝盖，小腿伸了出来，整条腿都露了出来，脚踝细得可以用手抓住。她穿着丝袜（是她在鲁日从城里带回的包裹里找到的）。就在这个时刻，从很远的地方，从西南方向，也就是湖的尽头，传来了第一声雷鸣。哦！这次不会再等太久了（从光线的彻底改变也可以看出这一点）。然后你得想象，门还是开着的。德古斯泰已经不在那里了。你必须通过想象才知道鲁日是如何走向那扇门又是如何用三分之二个身体堵住它的。只见头一波白色浪峰从鲁日肩膀上奔涌而过，从西向东有规律地移动。鲁日站在门口，然后再往前走了几步，来到沙滩上。只见他转过头，突然向悬崖那边转过头。有人在叫他。

他大声喊道：

"怎么了？"

驼背看了一眼朱丽叶特，朱丽叶特从桌子上跳了下来。

她双脚站稳，然后也走出了房子，看到鲁日正朝着有人叫他的方向走去。是德古斯泰在叫他。德古斯泰在远处挥舞着一只手臂，然后是两只。鲁日加快了脚步。

驼背没有动。她呢，她走到门和湖水之间的半路上，在风中停住。风把她的裙子缠绕在腿上，就像陀螺的鞭绳缠绕在陀螺上一样。她看到鲁日刚刚靠近德古斯泰。德古斯泰的手又开始比画。鲁日听着，然后，只见他耸了耸肩。突然，鲁日转过身，看到了朱丽叶特，他犹豫了一下，然后迅速转身。

现在轮到他叫了：

"朱丽叶特！喂！朱丽叶特！"

他径直向她走来，而她也迎向前去，因为只有靠得很近才能听清楚对方在说什么。

"朱丽叶特，其中一条船绳子脱了，就是你的那条……我们准备用的那条……"

她说：

"我能和你们一起去吗？"

"哦！不行……"

仿佛这个请求最终让他放心了一样。

"德古斯泰和我，会很快追上它的，趁波浪还没把它冲太远……听着，朱丽叶特，我们不会去很久……而且还有乌尔班先生陪你……你只需把门反锁上……"

他已经转身离去，大步流星地走着，然后最后一次回头，对她说：

"朱丽叶特！记住，把门反锁上。"

男孩子们已经分散到各个位置，从那些地方可以非常清楚地看到她的到来。博罗梅站在悬崖的顶部，莫里斯在溪谷另一边的采石场下面，亚历克西则站在舞池前面不远的地方（那里也有两门臼炮）。他们三个人一道把一切安排好了，然后请了一些朋友帮忙。那些朋友说："她当然必须来……她会穿戏服吗？啊！这个晚会一定会特别精彩！臼炮的事也搞定了。好久没用过了，这是个绝佳的机会……没问题，我们会把它们藏在灌木丛中。"他们很快就在所有的问题上达成了一致意见，他们被告知已经找到一计良策，迫使鲁日放她过来，德古斯泰正在处理这件事……一切都由他们三人——亚历克西、博罗梅和莫里斯——精心策划，现在他们都已经各就各位，而晚会也正在热闹非凡地进行。大家对暴风雨不太担心，因为舞池本来就有遮盖。只有那些带着孩子过来的家庭主妇和一些老太太认为最好还是早点回家。就在这时，博罗梅从悬崖上看到德古斯泰在喊鲁日，然后鲁日过去，他们一起登上了第二条船，而此时另一条船已经在布尔多奈特河河口前遭波浪打击发生侧翻。当妇女们推着婴儿车或牵着刚学会走路的孩子沿着大路走时，博罗梅冲下峡谷，去跟采石场下面的莫里斯会合。莫里斯正注视着两簇灌木丛之间从峡谷过来的那条小路。博罗梅过来了，然后他和莫里斯会合，两人一起去找亚历克西。

他们就在舞池稍前方,但是在下坡处,依然被一整排灌木遮挡着。灌木丛后面是两门臼炮。他们三人就站在那里。他们面对着直直地伸向他们的小路,那条河在桤木林之间然后在西南方的天空下宽阔地敞开的河岸之间流淌,而那条小路就在河边。在那里,它变成了另一种颜色,变成了胶泥那样的深蓝色,在它上面仿佛形成了一个越来越高的坡,然后开始向前延伸并凸出来。这时,起风了,光线也随之变化……

朱丽叶特也让光线发生了变化,她周围的光已经变成全白的了。天空一片漆黑,但她周围的一切都变亮了(或者是她自己在发光)。他们看着她走来,她还在小山谷的谷底,距离还很远。她在夜色中显得红彤彤的。走在她身后的是驼背,驼背也在阴影里。他就在黑暗的边缘,只见冷杉林成片大幅度地往一边倾斜。驼背把乐器举在前面,低着头,拉动风箱,然后用双手按压它,使其扭动。他有两个驼峰,我们只能看到一个,前面的那个。他正好站在夜色勾勒出的阴影线上;他往前走,那条线也跟着向前移动。走在更前面的人是她,她身上有两倍的光,因为她不仅接收了光,同时又在接收到的光上面加上了自己的光。她被照亮,她自己也在发光。现在似乎一切都不成比例,她的身材似乎跟平常不一样。风将她吹起,风推着她,她被托举起来。她用一只脚站立，然后换另一只脚。她旋转着，旋转着，所有的光都在跟着她旋转。而他们在上面，他们三个人只看到她正在走近，亚历克西看到时间不多了，于是喊道：

"喂！你们准备好了吗？……开炮！"

只见两道像手杖一样长的火焰，两道苍白的火焰喷了出来。开炮！开炮！两道足足一米长的火焰。然后，从两个矮草覆盖的斜坡滚了下去，彼此发出碰撞声。

我们看到驼背停了下来。

手风琴声停止了，再也听不到手风琴的声音了。能听到的是在峡谷中回荡的声音，就像一块帆布被拉紧，就像风突然间吹进了大帆。然后是第二个回声，接着是第三个回声。就像帆布被浸湿了，或者风力减弱了一样。晚会的音乐也随之停止。台上八位乐手把乐器从嘴边拿下，腮帮子还鼓着未用过的气。这才是真正属于她的地方，因为所有人都聚集过来了。她仍在用她的红披巾闪闪发光，用她裸露的双臂闪闪发光，用她的牙齿闪闪发光。所有人都来了，包括莫里斯、博罗梅、亚历克西。我们看到肖维和小玛格丽特走过来。他们手上拿着纸玫瑰，为她列队，向她献上玫瑰。她从我们身边闪过，驼背跟在她后面。他再次将头歪向一边，手指在琴键上飞快地舞动……

在悬崖那边，没有人发现那个萨瓦人。她走进舞池，走过写着欢迎词、挂在花饰上的牌子。在悬崖那边，连博罗梅本人也没能发现那个萨瓦人。她才走进舞池，前面的人就纷纷给她让道，并围成一个圆圈。萨瓦人在悬崖那边，在树枝低垂的小橡树下发出冷笑，因为博罗梅就在他几步之外却没有发现他，这让他窃喜。晚会现场，大家对加维莱说，也许他可以让他的乐手们休息一会儿，因为有人同时对驼背说："那么，这样的话，就轮到你了……"大家还说"应该开灯了"，因为天色变得很暗了。她此刻站在顶棚下的舞池中，但夜幕降临得太早，大家因此感觉到不便。男孩子们在大声喊："快去叫旅馆给我们供电！"萨瓦人在悬崖上发出冷笑，他看到了在他正下方的战斗是如何开始的：两个人在船上，船一边与波浪搏击，一边颠簸着往前走。他摸了摸口袋，看看那两盒火柴是否都还在。他带了两盒火柴以防万一，两盒火柴一直都在。他有的是时间。船上的两人不会像他们自己以为的那样能很快完成任务，这更好嘛。他看着他们如何与波浪搏击，看着他们挣扎。这个名叫拉维内的萨瓦人看到了鲁日，也看到了德古斯泰。船横过来了，于是他们整个身体都暴露出来，包括平放在船底木板上的双脚。他们快速地升高，向你这边倾斜，然后他们到达了波峰。突然，他们没有了腿，没有了身体，没有了手臂，最后他们没有了脑袋：他们又掉到了另一边。什么也没有了，船沉了。没沉。只见它又浮了上来，随着涌动的波浪上升。他看到那两个人仰着身体奋力地划桨，试图横向迎接浪头……啊！……他冷笑着。啊！如果他们想追上另一条船，那他们可有得忙了。就算他们只是想回到岸边，如果他们真有这个愿望的话，他们也有得忙。我有时间，我有的是时间！……就在这时，八位乐手在加维莱的带领下离开了演奏台，加维莱说："别介意……"尽管他的自尊心受到了一点伤害，但他掩饰了起来，说："我们已经连续两个小时没停过了。"周围的人对他说："有酒等着你。"乐手们走到纸玫瑰后面，下了台阶（不如说是梯子）。而此时此刻拉维内在悬崖那边从更陡峭的砂岩台阶走下来，台阶藏在木樨丛、肥皂草高高的茎秆后面。他从矮灌木丛中穿过，到了难走的地方他就用手抓住那些矮灌木。然后，他感觉到在他的上衣口袋里还有一盒火柴，总共有三盒了，他做好了准备。现在，你们会知道老了是何许人。拉维内……我叫拉维内，西普里安是我的姓，我来自圣刀洛瓦。看看他们是否还会继续嘲笑我。他发现鲁日的房子大门敞开着。风畅通无阻地往屋里面灌，雷电和头几声雷鸣也一样畅行无阻。他走了进去。得不到的东西，就把它毁掉。至少他们会看到我来过这里，我会留下我的签名。他跟着风、粉红色和黄色的闪电一起进入屋内，看到桌布已经被风吹到了一个角落。水泥地板上满是碎片，刨花、纸片、枯叶、软木浮子之类的，都在桌脚周围打着旋儿。就在它们继续在那里打着旋儿的同时，他操起一把椅子，使劲地朝那盏吊灯扔去，灯砸了下来，灯油溅得墙上到处都是。剩下的液体洒到桌子上，然后流到地上。他发现一切都很顺利。他走到橱柜那里，发现了那个油桶，他发现桶是满的。他用肩膀撞了撞另一扇关着的门，再次发出狞笑，因为门一撞就开了。这里是她的闺房。那面经常照着她的大镜子不会再照到她了：我扳回了一局。得不到的东西，就把它毁掉。这一回，他抓起一把漆成白色的崭新的椅子……有人对乐手们说："你们去喝点酒吧……你们看，我们都为你们准备好了，还有吃的东西，如果你们饿了，有面包和奶酪。"镜子玻璃上只要出现一颗星星，它就再也看不到我们了。砰！砸镜子。砰！砸桌子：桌子非常单薄，被劈成了两半。他把煤油浇在桌子上，床上也浇了。他把能找到的所有衣物和她的东西全都胡乱地扔到床上，然后走进工具棚。工具棚全是木头做的，里面挂满了渔网：啊！它们已经干了很久了，它们已经两个星期、三个星期没有被用过了，它们已经晾得够干了。报纸、煤油、一根火柴……搞定。幸好老子有三盒火柴。他回到她的房间，在床下放了报纸。他堆起椅子，擦燃了一根火柴。他走进厨房，把那里的桌布扔在长凳和草编的椅子上。最后，他想走进鲁日的卧室，但一大团火焰突然在房门和他之间升起，他只来得及向后跳了一步。

"对我们而言，"有人说，"这次邀请她，主要是为了找点小乐子，换点新花样。因为我们想到了这一点：'我们请驼背演奏，那么她，好像她会跳舞。'除此之外，我们就什么也不知道了。加维莱不是很乐意，但他没有表现出来。他和几位乐手一起走下了演奏台。她呢，我们用一顶花冠弄乱了她的头发，我们想把它戴在她头上。看到她的头发上满是苔藓碎片，大家都在笑。他们递给她一朵纸玫瑰，我们看见她的披巾掉了。她现在站在舞池中央。我们这里一到八月中旬，不到下午六点钟天就开始黑了，就像冬天最黑暗的夜晚一样。她的披巾掉下来后，只能看到她的肩膀和手臂了，但有人帮她把披巾捡了起来。她接过了玫瑰。'快供电！快供电！……喂！那边，快开灯！'因为电闸在旅馆里……她把一朵纸玫瑰别在耳朵上方的头发上……'快供电！'一声雷鸣。看不见了，也听不见了。大家把双手围成喇叭形……'快供电！……啊！……'大家一起往她那边挤。又是一阵雷鸣声。尽管有灯，闪电依然穿透了灯光照亮的地方，照到了大家。时不时地，闪电似乎把一切都熄灭了，同时大家感觉到面孔、后脑勺和臂膀被雷电击中。大家再也弄不明白究竟发生什么事了。而我，我还在被人推搡，但我被困在第一排和第二排之间，所以我看不到驼背，他应该是坐着的。看不到他，因为他身材矮小，即使站着他也不高，现在他坐在长凳上，完全被他前面的人挡住了。她呢，只能在攒动的人头之间看到她。她时隐时现。一下子把她还给你，一下子又把她从你这里夺走。一道闪电，随即舞池的棚顶仿佛坍塌了。她在人群中穿行，然后又折回来。后来有人说，当时驼背摘下了帽子，将它放在身边，他用手指着它，还没有开始演奏。他似乎在等待。是第一排的人最先明白，因为他们能看到整个事情的经过。他们明白了，他们都笑了起来。她呢，似乎也在等待，然后她也指了指帽子。然后，第一枚硬币落进了帽子。但另外几排的人也明白了，开始喊道：'我们怎么丢？'他们准备好了硬币，却无法接近帽子。他们手里拿着硬币，但他们把脚尖踮得再高也没用，那顶帽子还是放得太低了。于是他们大声呼喊：'把帽子传过来。'大家都玩得很开心。大家喊着：'把帽子传过来！'手风琴好像开始演奏了，但我们听不见。她开始转圈子，人们继续往她那边挤，同时又在她靠近时让开一条路。因此，一些人向前拥，另一些人往后退。

她伸展开双臂,头发上仍挂着苔藓碎片。人们向她投掷一法郎、两法郎的硬币。突然之间就响起了啪嗒声。响起了啪嗒声。人人都在口袋里翻找。但就在这时,电灯开始闪烁,灯光变得微弱,灯泡里的灯丝变得清晰可见。而现在……现在是在湖那边,有人转过身去……在那边,闪电之中有一道光持续亮着。在山谷的低处,有一道闪电一直不愿意熄火。它固定在低空中。这时,我们听到了火警铃声……"

一些人跑到村里去找水泵,另一些人往那条沿着布尔多奈特河而下的小路跑去。这些人在路上,看到路面被闪电照亮,尔后地面突然又从他们面前消失,他们一脚踏空。接着地面又出现了,他们抓住时机往前跑,却滑倒了,身体往前蹿。他们发觉有水沿着背脊往下流,嘴巴里也全是水时,才知道天在下雨。他们滑倒,身体往前蹿,撞到了重新在路上横穿的夜色。仿佛发生了山崩一样。他们互相呼唤或拉着对方的手。同时,始终有一道巨大的光芒在水帘背后闪烁,照亮了雨线,他们只需将目光紧紧盯住那道巨大的光芒,身体就能像拉着一根长绳一样前进。他们到了峡谷,跌跌撞撞地滚进灌木丛。最后,他们终于来到了沙滩,而此时火警铃声仍在两声雷鸣之间不断地鸣响。消防泵还没到,但他们发现,无论如何，就算到了也来不及了。

事实上，当消防泵送到时，他们甚至都没有将其投入使用，尽管那里的水充足得很。工具房已经荡然无存，至于其余的建筑，仅剩下的四堵砖墙还矗立着，里面一堆倒塌的梁柱冒着黑烟，取代了火光。人们从四面八方赶来，但无事可做，只能站着观望。那些从村子里来的人和从百合花节晚会现场赶过来的人都伫立在那里，一动不动。（风力大幅减弱，波浪也是如此，雷声也在远去。）

此刻，在灰色的天空中，在灰色的水面上，飘的是灰蒙蒙的细雨。四堵残墙中间，黑烟缭绕。他们站在那里，围着烧剩下的建筑物残骸。起初他们什么也没说，然后大家听到了米利凯的声音：

"事情注定会这样收场！"

他是跟着消防泵赶来的。他说话声音很大，是最先开口说话的几个人当中的一个。他双手插在口袋里，头上套着一个布袋，就像一顶尖顶风帽。

"那么，他在哪里？那女孩呢？"

就在这时，鲁日出现了，但没看见女孩。鲁日出现了，但她不在他身边。

他和德古斯泰在一起。两人刚刚上岸。他们浑身湿透，头发粘在前额上，头上没有帽子，裤子紧贴在大腿上。然后，他们就站在细雨中。鲁日走上前来，德古斯泰跟着。他们俩都是从东边过来的。鲁日似乎不明白发生了什么事。他什么也没说，德古斯泰也是。米利凯又开始说话：

"啊！看啊，你来了。怎么样？这让你感到惊讶吗？"

所有人都沉默不语。

"不，我看你并不感到惊讶。但她呢，你把她藏到哪里去了？"

鲁日一句话也没有回答。

"啊！这太过分了，叫人忍无可忍！怎么样？老狐狸，你就这样让她溜了吗？……"

大家看见鲁日低下头。起初，他看着米利凯，仿佛要朝他扑过去，但到了后面，他的手臂无力地垂在了身体两侧，脖子里似乎有什么东西松开了，头垂了下来。

"看来她并不是很喜欢和你在一起，这让你傻眼了吧……"

米利凯冷笑着说：

"好吧，这样很好，我的仇也报了！……"

人们围着鲁日，因为他们起初担心他会做出极端的事情，但大家很快就发现他想都没往那方面想。

他们很快就发现，即使他想过，他也没有力气去做。就在这时，另一个声音出现了，那个声音在水面上艰难地与水的声音做斗争：

"喂！那边的老头……"

那人在波浪上大笑。波浪已经小了很多，威力也大大减弱。

"喂！老头，你还认识我吗？"

是那个萨瓦佬。他等鲁日靠岸后，就抢走了那条船。大家还听到他喊的另外一些话：

"……通过邮局……我们会通过邮局把它寄还给你……"

一阵爆笑。鲁日没有动。他看起来就像永远不会再动一样，似乎他会一直站在那里直到世界末日降临，而周围的人则沉默着。大家站成一个圈，围着那些仍在冒烟的木梁。

木梁原先冒的是黑烟，现在冒着白烟……

那么，在这里还待了一会儿的那个人是她吗？只剩下莫里斯、亚历克西、博罗梅、小玛格丽特、肖维这几个人还留在舞场，其余的人都跑去灭火或躲进了旅馆。电彻底停掉了。在这里，风在呼号，电光闪闪，雷声不断。你只能间或听到一两个音符或和弦，然后就什么也听不到了。驼背不见了，朱丽叶特也不见了。夜幕仿佛摄影师的黑罩布一样落在你的头上和肩膀上。然后她出现了,穿着粉色的衣服,站在一张桌子上。我们看到她了,然后又看不到了。只剩下五六个人。这时,亚历克西可能认为时机已经成熟,朝莫里斯走去,但莫里斯也不见了。他用手在前面摸索着,试图找到莫里斯,却怎么也找不到。然后莫里斯又出现了。亚历克西赶忙伸手去抓他的肩膀,但莫里斯又消失不见了。

"听着,莫里斯,你得去把她叫过来,现在是时候了,暴风雨就要过去……现在是带她离开的大好时机,莫里斯,趁其他人还没回来……"但莫里斯似乎没有听见,他在看。她在那里,然后又不见了。"莫里斯!……"莫里斯没有回答,也没有动。风来了,在屋顶下面回荡。黑夜持续着,闪电间隔的时间越来越长,它们现在是在屋顶的上空。黑夜?不,没有黑夜,因为她在那里,她又出现了。她举起双臂,玫瑰从她耳边滑落。"莫里斯!……"然后听到几个细小的音符,它们似乎渐行渐远,然后又回来,再次渐行渐远。驼背在哪里?看不见他,也看不见他的乐器,也不知道声音从哪里来,因为他换了地方。但她又被举到了空中。闪电在空中勾勒出她的倩影,她举起双臂,她再次举起双臂。然后她没有了手臂,没有了身体,然后她消失了。接着,最后一声雷鸣使一切都消失了。她也消失了,当闪电再次出现时,她已经不在那里了……

"快去吧,莫里斯,没人会看到我们的……快点……"

但亚历克西突然停了下来。

一缕灰色的微光重新在花饰下面的木柱之间穿行。大家看到了花饰,哦,对了,原来大家还在舞池里。只见地板和棚顶之间的东西,那些湿漉漉的草、树木、树干,开始重新回到原位。一切都还是模模糊糊的轮廓,还不是很清晰,就像世界诞生之初。就好像世界正在重新开始形成,但它不再是以前的那个世界了。莫里斯一脸惊讶地慢慢地环顾四周,然后开始寻找她,寻找朱丽叶特。他发现她确实不在那里了。大家看到了驼背坐过的那张长凳,他已经不在长凳上了。大家看到她之前站的那张桌子(或者这是大家做的一个梦,因为她不再在桌子上了)。她不在附近,也不在任何地方。莫里斯看了一眼,然后飞奔而去。

"莫里斯,你要去哪里?喂!莫里斯……"

他没有听见。他在灰色的细雨中,这种细雨飘洒在你和天空之间,无处不在。雾气弥漫,树木在滴水。他朝大路那边走去。他到了路上,仍然没有看到她的身影。因为在你前面十五步之外,你就什么都看不见了。也许走错了方向,因为现在火警铃声已经停止,风也已经停止,远处的雷声也几乎听不见了。哦!四周笼罩着一片多么奇怪的寂静啊!寂静中只有树木滴水的声音。他转过身，因为他感觉有人在他身后。果然有人来了，但不是他要找的那个人儿……

他摇了摇头。

大伙继续在舞池下边叫他。此刻，那里的男孩子都在使出全身的力气用手指吹着口哨，因为他们再也看不见他，也不可能被他看见。至于小艾米莉，他是看到了的，他不可能没有看到她，因为她已经离得那么近了，她的裙子粘在肩上，大草帽的帽檐垂在脸的两侧。他不可能没有听到她说话：

"莫里斯，是我……"

她低着头。她站在那里，双手合在一起。她那双淋湿了的褐色小手合在一起放在裙子上。但他要找的人不是她。

她等待着。她仍在等待着，但他朝她背过身去。

他的脚步声渐行渐远，越来越远。

附录

拉缪生平与作品年表

1878 年

9月24日,夏尔·费迪南·拉缪(Charles Ferdinand Ramuz)在瑞士洛桑出生。他是杂货商埃米尔·拉缪(Émile Ramuz)和路易丝·达维尔(Louise Davel)的第三个儿子。他的名字夏尔·费迪南原本是他两个早夭的哥哥的名字,他本人并不喜欢,因此常常将全名简写成C.F. Ramuz。

1882 年

5月20日,拉缪的弟弟奥斯卡(Oscar)出生。

1883 年

拉缪上幼儿园。

1885 年

进入经典中学(Collège Classique)预备班。

1887 年

进入洛桑州立经典中学。

1890 年

拉缪开始在笔记本上写故事、童话和诗歌。

1893 年

父亲埃米尔·拉缪的身体状况恶化,一家人搬到洛桑北部几公里外的谢索村,在那里购买了一座农场,农场的经营工作由一名员工负责。拉缪被安置在洛桑的格里维尔家中,其间与比他年长两岁的本杰明·格里维尔(Benjamin Grivel)结下了深厚的友谊。

1894 年

拉缪从州立经典中学毕业,进入高中,他的德语老师是后来成名的剧作家费尔南·夏万(Fernand Chavannes)。

1895 年

9月5日,拉缪开始写日记。

1896 年

7月,高中毕业。

10月初,前往德国的卡尔斯鲁厄游学。

1897 年

4月底,返回瑞士。

7月3日,拉缪的妹妹贝尔特(Berthe)出生。

夏季至秋季,在洛桑大学法学院学习一个学期后,转入文学院。

1898 年
7月—8月，在洛桑新兵学校军训。

1899 年
8月29日—10月17日，在洛桑下士军官学校等地服兵役。

1900 年
拉缪一家出售谢索的家族产业，搬到洛桑居住。
3月24日，获得古典文学学士学位。
7月3日—8月26日，在洛桑服兵役期间，与瑞士画家兼作家亚历山大·辛格里亚（Alexandre Cingria）相识并成为挚友。
10月初，前往巴黎，早期住在奥德翁街3号。10月底开始撰写他的小说《让-丹尼尔·克罗萨兹的生与死》（*La Vie et la Mort de Jean-Daniel Crausaz*）。

1901 年
3月，拉缪申请蒙特勒中学的拉丁语和希腊语教师职位，但未被录用。
4月6日，返回洛桑。
8月3日—10月20日，校对、誊抄和整理《让-丹尼尔·克罗萨兹的生与死》，但最终放弃出版。
10月21日，搬到沃州的欧伯讷，在当地初中做了六个月的代课老师。

1902 年
1月底，拉缪生病，离开欧伯讷的工作岗位。
4月底，第一次阑尾手术，5月底阑尾炎复发。
7月1日，第二次手术。

10月下旬，拉缪申请位于沃州的尼永初中的法语教师职位，但未被录用。

11月，再次前往巴黎，在朋友亚历克西·弗朗索瓦（Alexis François）位于拉丁区的家中借住。

12月6日，搬到波拿巴街31号。

1903年

3月13日，搬到田园圣母院街109号的阿尔萨斯学校，担任辅导老师，直到7月。

4月下旬，在洛桑短暂逗留。

7月26日，返回洛桑。

8月，在拉贝洛特的辛格里亚家和山区度过。

10月，诗集《小村庄》（*Le petit village*）出版。

11月7日，前往魏玛，担任俄罗斯总领事普罗佐尔伯爵（comte Prozor）孩子的家庭教师。

12月5日，《关于魏玛》（*Sur Weimar*）在《洛桑报》发表，是他一系列文章的第一篇。

1904年

2月，《泥质家神》（*Les Pénates d'argile*）出版，该作品集收录了拉缪、辛格里亚等人的作品。

3月19日，拉缪短篇小说处女作《女了修道院院长的语言》（*La langue de l'abbesse*），在《文学周刊》（*La Semaine littéraire*）发表。

2月末—3月初，在柏林短暂停留。

6月初，返回瑞士。

6月中旬，在拉贝洛特旅居。

7月底，在埃尔芒斯旅居。

9月22日，向瑞士评论家、作家爱德华·罗德（Édouard Rod）寄出《阿琳》（Aline）手稿。

11月初，前往巴黎，在美术街8号瑞士作家、诗人夏尔-阿尔贝·辛格里亚（Charles-Albert Cingria）家中暂住，随后搬至圣伯夫街5号。

1905 年

4月底，在巴黎的佩兰出版社和洛桑的佩约出版社出版《阿琳》。

6月下旬，返回瑞士。

直到7月中旬，住在拉贝洛特的亚历山大·辛格里亚家。

11月中旬，回到巴黎圣伯夫街5号，随后搬至拉斯巴伊大道268号。

12月，在日内瓦的朱利安出版社出版《桑德雷邦的大战》（La grande guerre du Sondrebond）。

1906 年

1月—10月，创作《生活情境》（Les circonstances de la vie）。

7月初，返回瑞士。

直到7月底，住在拉贝洛特的辛格里亚家。

8月底，前往瓦莱州的伦斯旅行。

10月底，回到巴黎圣伯夫街5号，然后搬到富瓦德沃街17号。

12月29日—次年4月13日，在《文学周刊》连载《生活情境》。

1907 年

4月，拉缪接受佩约出版社的提议，撰写关于瓦莱州的书稿，该书最终书名为《山中村庄》（Le village dans la montagne）。

5月，《生活情境》单行本在佩兰出版社和佩约出版社出版。

7月11日，返回瑞士。与亚历山大·辛格里亚徒步穿越萨瓦。

10月底—12月中旬，在瓦莱州伦斯的贝拉路伊酒店住宿，创作《山中村庄》。在那里，认识并爱上瓦莱州女子卢迪维纳（Ludivine）。

11月，《生活情境》入围龚古尔奖（Prix Goncourt），但未获奖。

12月底，返回巴黎，住在富瓦德沃街17号。

1908 年

2月中旬，拉缪返回洛桑。

3月4日—5月16日，在瓦莱州的伦斯完善《山中村庄》的文本，并开始创作《被迫害的让–卢克》（Jean-Luc persécuté）。

6月—10月，在伦斯、拉贝洛特、巴塞尔和埃尔芒斯旅居。

11月3日，返回巴黎，入住位于蒙帕纳斯大道135号的美国酒店。《被迫害的让–卢克》在佩兰出版社出版。

12月初，佩约出版社出版《山中村庄》，书中配有170幅彩色插图。

1909 年

1月4日—6月24日，创作《沃州画家艾梅·帕什》（Aimé Pache, peintre vaudois）。

2月23日，拉缪从席勒基金会获得1000法郎的奖金。

7月1日，返回洛桑。

8月23日—9月14日，在萨瓦的梅塞里旅居。

9月24日—28日，在伦斯小住。

10月底，回到巴黎，先住在博瓦松纳德街14号，然后搬到利昂库尔街12号。

11月30日，拉缪开始创作新小说《马德琳》（Madelaine），但在完稿前放弃了。

1910 年

2月1日，返回洛桑。

2月15日，拉缪的父亲去世。

3月18日，拉缪回到巴黎。

8月29日—31日，在沃州的迪亚布勒雷斯小住。

10月1日，《沃州画家艾梅·帕什》开始在《周刊》上连载。

10月20日，再次返回巴黎，先住在博瓦松纳德街17号，然后在蒙帕纳斯大道155号的尼斯大酒店住了两个月。

11月，在佩约出版社出版《短篇小说与片段》。

1911 年

1月底，拉缪搬到博瓦松纳德街24号，在这里一直住到1914年。

4月，《沃州画家艾梅·帕什》单行本在巴黎的法雅德出版社和洛桑的佩约出版社出版。

7月12日，返回洛桑。

8月19日—28日，在迪亚布勒雷斯旅居。

10月20日，返回巴黎。

12月，开始创作《萨缪埃尔·贝雷传》(*Vie de Samuel Belet*)。

1912 年

1月—4月，分四期在《世界图书馆》杂志上连载《切瑟隆之火》(*Feu à Cheyseron*)。

6月，《沃州画家艾梅·帕什》获朗贝尔文学奖(Prix Rambert)。

7月6日，返回洛桑。

9月28日—30日，在伦斯小住。

10月24日，返回巴黎。

1913 年

2月18日，与相识多年的讷沙泰尔画家塞西尔·赛利埃（Cécile Cellier）结婚。

4月，开始与《洛桑报》合作，开办《包罗万象》（A propos de tout）专栏。

5月，与作家保罗·布德里等人共同创办《沃州手册》（Cahiers vaudois）。月底，在巴黎的保罗—奥朗多夫出版社和洛桑的佩约出版社出版《萨缪埃尔·贝雷传》。

6月14日，开始在《文学周刊》上连载《更好的生活》（La vie meilleure）。

7月8日，返回洛桑。9日，参加在莫尔日举行的《沃州手册》创刊大会。

7月中旬—9月中旬，拉缪夫妇在拉贝洛特旅居。

9月1日，拉缪的独生女玛丽安娜（Marianne）在日内瓦出生。9月中旬，拉缪一家暂时搬到洛桑，住在位于美罗什大街的拉缪母亲家中。

10月10日—15日，到马赛、艾克斯、阿尔勒和阿维尼翁旅行。

10月24日—12月29日，创作《恶灵的统治》（Le règne de l'esprit malin）。

1914 年

1月初，拉缪带着妻子和女儿返回巴黎。2月17日—4月26日，创作小说《建房子》（Construction de la maison）。

3月，《存在的理由》（Raison d'être）在《沃州手册》第一期上发表。

21日—29日，旅居洛桑。

5月底，离开巴黎。

6月底，定居沃州库利镇附近的特雷托朗。

6月1日—7月16日，在《法兰西水星》（Mercure de France）杂志上连载

《恶灵的统治》。

7月,在《沃州手册》(特别版)发表《告别众多人物及其他片段》(Adieu à beaucoup de personnages et autres morceaux)。在第四期《沃州手册》上发表《以塞尚为榜样》(L'exemple de Cézanne)。

9月22日—30日,拉缪征得军方许可后穿越汝拉山一直到巴塞尔,将所见所闻写成《困难时期的日记》(Journal de ces temps difficiles)在《文学周刊》上发表。

10月,在第八期《沃州手册》上发表《歌谣》(Chansons)。10日开始连载《困难时期的日记》。

1915年

1月—7月,创作《疾病的治愈》(La guérison des maladies)。

4月30日,与法国著名作家保罗·克洛岱尔(Paul Claudel)首次会面,《沃州手册》邀请克洛岱尔到瑞士作巡回演讲。

11月—12月,在洛桑音乐学院举办一系列关于法国19世纪的讲座。

12月底,在塔兰出版社出版《高地战争》(La guerre dans le Haut-Pays)。

1916年

1月—2月,继续在洛桑音乐学院举办讲座;讲稿于1948年以《法国19世纪的重大时刻》(Les grands moments du XIXe siècle français)为书名出版。

2月初,搬到洛桑库尔大道的"槐墅"(L'Acacia)。

7月15日—19日,在伦斯、迪亚布勒雷斯小住。

9月底—10月15日,与俄国作曲家斯特拉文斯基(Stravinski)合作《狐狸》(Renard)、《猫的摇篮曲》(Berceuses du chat)等作品。

1917 年

春季，拉缪获得加斯帕·瓦莱特基金会（为纪念日内瓦作家和评论家加斯帕·瓦莱特而设立）的奖励基金。

5月，在洛桑的沃州手册出版社出版《恶灵的统治》，封面由画家勒内·奥贝尔乔诺瓦（René Auberjonois）设计。

5月，在沃州手册出版社以及巴黎克莱斯出版社出版《仲春》（Grand printemps）。开始创作《婚礼》（Les noces）。

12月，在沃州手册出版社出版《疾病的治愈》。

1918 年

2月下旬—8月初，与斯特拉文斯基合作，为舞剧《士兵的故事》（L'Histoire du soldat）写脚本。

8月，由于《洛桑报》拒绝发表《包罗万象》中的一篇《平均值》，拉缪终止了与该报的合作。

9月28日，拉缪与斯特拉文斯基合作创作的舞剧《士兵的故事》在洛桑首次上演。

1919 年

6月，在沃州手册出版社出版《我们中的迹象》（Les signes parmi nous）。

7月，伯尔尼大学授予拉缪荣誉博士学位。

9月—11月，《沃州手册》杂志陷入危机，拉缪想方设法让杂志生存下去。9月1日与《瑞士法语区杂志》合作，但仅出版了六期，11月15日杂志停刊。

1920 年

4月中旬，在日内瓦杰奥格出版社出版《我们的罗讷河之歌》（Chant de

notre Rhône》，收入"散文诗丛书"。

5月，拉缪暂时与《洛桑报》恢复合作，5月30日—9月6日发表了八篇文章。这些文章引发了关于拉缪文风的争议，这一争议将在未来几年继续。

6月，在沃州手册出版社出版《士兵的故事》。席勒基金会以1000法郎购得《沃州画家艾梅·帕什》的手稿。

8月，在莱芒湖畔的布奇隆村度假。

7月—9月，拉缪创作《攀登人生》(Montée à la vie)，部分内容后来在《农民的问候》(Salutation paysanne)、《死亡的存在》(Présence de la mort) 和《诗人之路》(Passage du poète) 中重现。

11月—12月，创作《出冬》(Sortie de l'hiver)，未完成的小说，但其中一章成为《农民的问候》中的一部分。

12月，在杰奥格出版社重版《被迫害的让-卢克》。

1921年

1月1日—2月3日，创作《在砾石中劳作》(Travail dans les gravières)。

3月9日，与格拉塞出版社"小说丛书"的主编埃德蒙·雅鲁(Edmond Jaloux)首次会面。

5月，在杰奥格出版社出版《农民的问候及其他片段》。

6月，拉缪将《天上的生活》(Vie dans le ciel) 稿件寄给格拉塞出版社。

9月1日，《天上的生活》被格拉塞拒绝。

11月，拉缪在洛桑的杰奥格出版社及巴黎的克莱斯出版社出版《天上人间》(Terre du ciel)。

1922 年

3月，在日内瓦杰奥格出版社和巴黎让-布德利出版社推出第二版《恶灵的统治》。

5月，席勒基金会授予《天上人间》和《恶灵的统治》2000法郎奖金。创作《死亡的存在》。

6月—8月，创作《种族的分离》(La Séparation des races)。

11月，在杰奥格出版社出版《死亡的存在》。26日，开始创作《真理的追求》(Recherche de la vérité)。

12月—1923年2月，在《新世界》增刊上连载《种族的分离》。

1923 年

2月，《种族的分离》在新世界出版社出版单行本。

4月24日，拉缪在库利举行的纪念仪式上朗读《向少校致敬》(Hommage au Major)，纪念沃州民族英雄达维尔少校逝世200周年，拉缪的母亲是这位英雄的后代。

5月，拉缪获得席勒基金会1000法郎的津贴。

6月20日，舞剧《士兵的故事》德语版在法兰克福首演。

6月30日，拉缪第二次获得朗贝尔奖，以表彰他在1920—1923年创作的小说。

11月，在日内瓦杰奥格出版社和巴黎世纪出版社出版《诗人之路》。拉缪代表瑞士作家协会加入席勒基金会理事会，任职至1929年。

1924 年

1月，格拉塞出版社与拉缪签署至少五本未出版的小说的合同。

2月中旬，前往苏黎世，准备德语版《士兵的故事》的演出。

3月31日—4月12日，访问巴黎；与格拉塞出版社签署出版合同，并确定出版计划。

4月,《士兵的故事》在巴黎香榭丽舍剧院演出。28日,拉缪前往苏黎世,参加该舞剧的演出。《士兵的故事》在伦敦出版。

5月7日—19日,拉缪在巴黎参加法国作家协会接待瑞士作家的活动,并接受记者采访,采访内容于17日在《文学新闻》上发表,题为《与小说家和随笔作家夏尔·费迪南·拉缪的一小时》(Une heure avec C. F. Ramuz, romancier et essayiste)。

9月初,格拉塞出版社再版《疾病的治愈》。13日,《世界之爱》(L'amour du monde)开始在《文学周刊》上连载。

1925 年

5月,在格拉塞出版社出版《天上的喜悦》。25日,《士兵的故事》在特里亚农剧院上演,拉缪与斯特拉文斯基一同观看演出。

6月20日,拉缪的母亲去世。拉缪返回洛桑。27日,《大山惊魂》(La grande peur dans la montagne)开始在《每周评论》上连载。

7月,加斯东·伽利玛请求拉缪将《大山惊魂》交给伽利玛出版社出版;拉缪拒绝了这一提议,主要是因为他与格拉塞出版社有约在先。布隆出版社出版《世界之爱》。

8月8日,《诗人之路》在《法国阿尔萨斯报》连载。

12月,杰奥格出版社出版《马戏团》(Cirque)。

1926 年

1月中旬,格拉塞出版社出版《大山惊魂》单行本。

4月,《新法兰西杂志》主编让·保朗请求拉缪为杂志撰稿。

5月8日—7月1日,亨利·布拉依(Henry Poulaille)在《半月手册》上发表文章《赞成还是反对拉缪》,为拉缪的创作风格辩护。

8月初,《被迫害的让-卢克》再版,亨利·布拉依撰写导言。

6月,洛桑的维尔索出版社再版《存在的理由》。

10月底,拉缪的《七篇文章和七幅画》(Sept morceaux et sept dessins)由工业家兼艺术爱好者亨利-路易·美莫德(Henry-Louis Mermod)出版,此后美莫德成为拉缪在瑞士的主要出版商。

1927年

3月底——4月初,前往巴黎,为在格拉塞出版社出版的《阿琳》做预热宣传。

4月初,格拉塞出版社出版《阿琳》。

10月6日,马丁·博德默基金会授予拉缪带有6000法郎奖金的戈特弗里德·凯勒文学奖(Prix Gottfried Keller),以表彰他的小说《莱芒湖畔的少女》(La Beauté sur la terre)。

11月,美莫德出版社出版《莱芒湖畔的少女》。

1928年

5月底,格拉塞出版社再版《莱芒湖畔的少女》。

10月,美莫德出版社出版《六本笔记》(Six cahiers)的第一本。

10月或11月,美莫德出版社出版《艺人》(Forains)。

1929年

4月中旬,拉缪搬到洛桑乌契附近的尤第大道1号。

7月,在格拉塞出版社出版《农民的问候》,前附《致格拉塞的信》,后附《士兵的故事》。

10月,伽利玛出版社、新法兰西杂志出版社和美莫德出版社分别出版《回忆伊戈尔·斯特拉文斯基》(Souvenirs sur Igor Strawinsky)。

11月,在法国地平线出版社出版《葡萄种植者节》(Fête des vignerons)。

12月5日，美莫德旗下的《今日》周刊创刊，拉缪担任主编。

1930 年

4月初，格拉塞出版社再版《被迫害的让-卢克》。

5月，获瑞士法语文学奖（Prix Romand），奖金3万法郎，使拉缪得以购买位于皮利镇面朝莱芒湖的"猎舍"（La Muette）别墅，他于5月20日搬入并居住至去世。

1931 年

1月中旬，摔倒，左肱骨骨折。

3月12日，《一只手》（Une main）开始在《今日》周刊上连载。

10月底，在格拉塞出版社再版《我们中的迹象》。

12月，新法兰西评论出版社推出新版《马戏团》。

1932 年

1月，在美莫德出版社出版《法里内或假币》（Farinet ou la fausse monnaie）。

9月，在美莫德出版社出版《亚当与夏娃》（Adam et Ève）。

10月底，格拉塞出版社再版《法里内或假币》。

11月1日，《新法兰西杂志》开始连载《亚当与夏娃》。

1933 年

4月，在格拉塞出版社出版《一只手》单行本。

9月—10月，在电影《诱拐》（Rapt）中担任群众演员，该电影灵感来自拉缪的小说《种族的分离》。

11月，格拉塞出版社再版《亚当与夏娃》。

12月，拉缪首次与法国大作家安德烈·纪德会面。在美莫德出版社出版

《人的尺度》(Taille de l'homme)。

1934 年

8月4日—6日，第十一届法国书商大会在瑞士沃州的沃韦举行。拉缪发表演讲，演讲内容刊登于《文学新闻》。

11月，拉缪与法国诗人、作家兼导演让·科克托（Jean Cocteau）共同在日内瓦导演《士兵的故事》，演出于15日举行。

11月，美莫德出版社出版《德博朗斯》(Derborence)。

12月底，日内瓦的昆第格出版社推出新版插图本《阿琳》。

1935 年

2月，格拉塞出版社再版《人的尺度》。

11月，美莫德出版社出版《问题》(Questions)。

1936 年

2月底，格拉塞出版社再版《德博朗斯》。

3月20日，《萨瓦男孩》(Garçon savoyard)开始在巴黎的《周五》周刊连载。

7月，在格勒诺布尔的阿托出版社出版《瑞士法语区》(La Suisse romande)，附224幅插画。

9月，格拉塞出版社再版《问题》。

10月，在美莫德出版社出版《萨瓦男孩》。18日，拉缪在洛桑获得瑞士最高文学奖——席勒基金会大奖（奖金5000瑞士法郎）。

12月，在维尔索出版社出版《马戏团》，附8幅石版画。

1937 年

2月，美莫德旗下的今日出版社出版《伟大的需求》(Besoin de grandeur)。

5月,格拉塞出版社再版《萨瓦男孩》。

6月,洛桑大学授予拉缪荣誉博士学位。

10月1日,《精神》杂志推出瑞士特刊,拉缪发表的《信》引发争议,在瑞士德语地区引起的争议最大。

11月,在美莫德的今日出版社出版《如果太阳不再升起》(Si le soleil ne revenait pas)。

12月,在洛桑的波尔歇出版社出版《罗讷河流域之歌》(Chant des pays du Rhône)。

1938年

1月15日,拉缪在《瑞士法语区》杂志上解释他在《精神》杂志上发表的《信》。

6月中旬,访问巴黎。月底,格拉塞出版社再版《伟大的需求》。

9月底,波尔歇出版社出版《向拉缪致敬》(Hommage à C.F. Ramuz),庆祝拉缪六十岁生日,书中收录了奥地利著名作家茨威格等人的文章。

11月,在美莫德的今日出版社出版《巴黎,一个沃州人的笔记》(Paris, notes d'un Vaudois)。

1939年

2月9日,电影《法里内,山中的金子》(Farinet, l'or dans la montagne)首映。

4月中旬,格拉塞出版社再版《如果太阳不再升起》。

5月,伽利玛出版社再版《巴黎,一个沃州人的笔记》。

6月,拉缪与格拉塞出版社签订一份为期十年的新合同,约定每年提交一部书稿。

11月底，在美莫德的今日出版社出版《世界的发现》(Découverte du monde)。

1940 年

3月，胃穿孔，住院治疗。

5月28日，拉缪唯一的外孙吉多·奥利维尔里(Guido Olivieri)出生。

11月8日，由拉缪撰写解说词的纪录片《葡萄种植者之年》(L'Année vigneronne)首映。15日，美莫德出版社出版《拉缪全集》(Œuvres complètes)的前五卷；全集于1941年继续出版，共二十卷，1954年增补三卷。

12月中旬，日内瓦的萨克出版社出版《葡萄种植者之年》。

1941 年

3月15日，美莫德出版社出版《拉缪全集》的第二批五卷。余下三批分别于3月15日、9月15日和11月15日推出。

5月16日，洛桑的古宁出版社出版《天上人间》限量版。

11月，书籍公会出版社再版《阿琳》。

1942 年

5月，在美莫德出版社出版《1895—1920年日记片段》(Fragments de Journal 1895—1920)和《1939-1941年战争期间写的东西》(Choses écrites pendant la guerre 1939—1941)。

7月，在美莫德出版社出版《被解雇的女仆》(La Servante renvoyée)。

10月底，书籍公会出版社再版《萨缪埃尔·贝雷传》。

11月，格拉塞出版社再版《沃州画家艾梅·帕什》，美莫德出版社出版《纸上的战争》(La guerre aux papiers)。

1943 年

3月,在日内瓦的易德-卡朗德出版社出版插图本《婚礼及其他故事》(*Noces et autres histoires*)。

10月底,拉缪突发脑出血,经过两个月的治疗后康复。

11月,在易德-卡朗德出版社出版《沃州》(*Pays de Vaud*),在乌尔格拉芙出版社出版《瓦莱州风光》(*Vues sur le Valais*),书籍同时出版德文版。在美莫德出版社出版《1896—1942年日记》(*Journal 1896—1942*)。

12月,在美莫德出版社出版《勒内·奥贝尔乔诺瓦》(*René Auberjonois*)。

1944 年

1月,书籍公会出版社再版《德博朗斯》。瑞士作家协会提名拉缪为诺贝尔文学奖候选人。

4月,美莫德出版社再版《我们的罗讷河之歌》。

5月中旬,美莫德出版社出版《葡萄收获季》(*Vendanges*)。

6月,美莫德出版社再版《高地战争》。

7月,美莫德出版社再版《诗人之路》。

8月,美莫德出版社再版《士兵的故事》。

10月,摩纳哥罗歇出版社推出《诗人之路》限量版。

11月,美莫德出版社再版《德博朗斯》。

12月,伽利玛出版社再版《萨缪埃尔·贝雷传》。美莫德出版社出版《短篇小说集》(*Nouvelles*)。

1945 年

1月—3月,前列腺手术,住院三个月。

1月底,格勒诺布尔的博达出版社推出《德博朗斯》限量插图版。

2月9日,《士兵的故事》在日内瓦上演。

3月,格拉塞出版社再版《纸上的战争》。

5月,美莫德出版社再版《葡萄收获季》。

6月,美莫德出版社再版《人的尺度》。格拉塞出版社再版《1896—1942年日记》。

12月,美莫德出版社出版《诗集》(Vers)。书籍公会出版社再版《沃州画家艾梅·帕什》。美莫德出版社出版《大山惊魂》限量版,附34幅石版画。

1946年

1月中旬,在美莫德出版社出版《仆人及其他故事》(Les Servants et autres nouvelles)。

4月中旬,易德-卡朗德出版社出版《故事集》(Histoires)。

5月,巴黎香榭丽舍剧院上演《士兵的故事》。

7月20日,再次住院(至8月4日)。

8月底,美莫德出版社再版《回忆伊戈尔·斯特拉文斯基》。

11月底,美莫德出版社再版《恶灵的统治》。

1947年

1月,再次进行前列腺手术。月底,格拉塞出版社出版《短篇小说集》(Nouvelles)。

5月初,再次住院手术。

5月23日,拉缪逝世,享年69岁。他的遗体安葬于沃州的皮利公墓,墓边有一棵美丽的树。

(金龙格编译整理)

鸣谢

Remerciements

Cette traduction a bénéficié d'une bourse d'excellence du Collège de traducteurs Looren.

[loːrən] Übersetzerhaus Looren
Collège de traducteurs Looren
Translation House Looren